目録（第四册）

第三十回至第四十一回

第三十回 寶釵借扇機帶雙敲 齡官畫薔痴及局外

【回前】借（原作指）扇敲（原作槁）雙玉，是寫寶釵金蟬脱殼。銀簪畫薔字（原作學），是寫痴女夢中説夢。脚踢襲人，是斷無是理，竟有是事。

靖：無限文字，痴情畫薔，可知前緣有定，非人力（原無）强求（原作人力非）。

話説林黛玉自與寶玉角口後，也自後悔，但又無去就他之理，因此日夜悶悶，如有所失。紫鵑度其意，乃勸道：『論前日之事，竟是姑娘太浮躁了些。别人不知寶玉那脾氣，難道咱們也不知道的？為那玉也不是鬧了一遭兩遭了。』黛玉啐道：『你倒來替人派我的不是。我怎麼浮躁了？』紫鵑笑道：『好好的，為什麼又剪了那穗子？豈不是寶玉祇有三分不是？姑娘倒有七分不是？我看他素日在姑娘身上就好，皆因姑娘小性兒，常要歪派他，才這麼樣。』

林黛玉欲答話，祇聽院外叫門。紫鵑聽了一聽，笑道：『這是寶玉的聲音，想必是來賠不是來了。』林黛玉聽了道：『不許開門！』紫鵑道：『姑娘又不是了。這麼熱天毒日頭地下，曬壞了他如何使得呢！』口裏說着，便出去開門，果然是寶玉。一面讓他進來，一面笑着說道：『我祇道寶二爺再不上我們這門了，誰知這會子又來了。』寶玉笑道：『你們把極小的事倒說大了。好好的，為什麼不來？我便死了，魂也要一日來一百遭。妹妹可大好了？』紫鵑道：『身上病好了，祇是心裏氣不大好。』寶玉笑道：『我曉得有什麼氣。』一面說着，一面進來，祇見林黛玉又在床上哭。

那林黛玉本不曾哭，聽見寶玉來，由不得傷心了，止不住滾下泪來。寶玉笑着走近床來，道：『妹妹身上可大好了？』林黛玉祇顧拭泪，并不答應。寶玉因便挨在床沿上坐了，一面笑道：『我知道你不惱我。但祇是我不來，叫旁人看着，倒像是咱們又拌了嘴似的。若等他們來勸咱們，那時豈不咱們倒覺生分了？不如這會子，你要打要罵，憑着你怎麼樣，千萬別不理我。』說着，又把『好妹妹』叫了幾十聲。林黛玉心裏原是再不理寶玉的，這會子聽見寶玉說別叫人知道他們拌了嘴就生分了這一句話，又可見得比人原親近，因又撐不住哭道：『你也不用哄我。從今以後，我也不敢親近二爺，也全當我去了。』寶玉聽了笑道：『你往那裏去呢？』林黛玉道：『我回家去。』寶玉笑道『我跟了去。』林黛玉道：『我死了。』寶玉道：『你死了，我做和尚！』林黛玉一聞此言，登時將臉放下來，問道：『想是你要死了，胡說的是什麼！你家倒有幾個親姐姐親妹妹呢，明兒都死了，你幾個身子去做和尚？明兒我倒把這話告訴人去評評。』

寶玉自知這話說的造次了，後悔不來，登時臉上紅脹，低了頭不敢噴一聲。幸而屋裏沒人。林黛玉兩眼直瞪瞪的瞅了他半天，氣的一聲兒說不出話來。見寶玉憋的臉上紫脹，便咬着牙用指頭狠命的在他額顱上戳了一下，哼了一聲，咬牙說道：『你這——』剛說了兩個字，便又嘆了一口氣，仍拿起手帕子來擦眼泪。寶玉心裏原有無限心事，又兼說錯了話，正自後悔；又見黛玉戳他一下，要說也說不出來，自嘆自泣，因此自己也有所感，不覺滚下泪來。要用帕子揩拭，不想又忘了帶來，便用衫袖去擦。林黛玉雖然哭着，卻一眼看見了，見他穿着簇新藕合紗衫，竟去拭泪，便一面自己拭着泪，一面回身將枕上搭的一方綃帕拿起來，向寶玉懷裏一摔，一語不發，仍掩面自泣。寶玉見他摔了手帕來，忙接住拭了泪，辰：寫盡寶、黛無限心曲，假使聖嘆見之，正不知批出多少妙處。

又挨近前些，伸手挽了林黛玉一祇手，笑道：『我的五臟都碎了，你還祇是哭。走罷！我同你往老太太跟前去。』林黛玉將手一摔道：『誰同你拉拉扯扯的。一天大似一天的，還這麼涎皮賴臉的，連個道理也不知道。』

一句沒說完，祇聽喊道：『好了！』寶、黛兩個不防，都唬了一跳，回頭看時，祇見鳳姐兒跳了進來，笑道：『老太太在那裏抱怨天抱怨地，祇叫我來瞧瞧你們好了沒有。我說不用瞧，過不了三天，他們自己就好了。老太太罵我，說我懶。我來了，果然應了我的話。也沒見你們兩個有什麼可拌的，三日好了，兩日惱了，越大越成了孩子！有這會子拉着手哭的，昨兒為什麼又成了烏眼鷄呢！還不跟我走，到老太太跟前，叫老人家也放些心。』說着拉了林黛玉就走。林黛玉回頭叫丫頭們，一個也沒有。鳳姐道：『又叫他們做什麼，有我伏侍你呢。』一面說，一面拉了就走。寶玉在後面跟着出了園門。到了賈母跟前，鳳姐笑道：『我說他們不用人費心，自己就會好的。老祖宗不信，一定叫我去說和。及至我到那裏說和，誰知兩個人倒在一處對賠不是了。對笑對說，倒像「黃鷹抓住了鷂子的腳」，兩個都扣了環，那裏還要人去說和。』說的滿屋裏都笑起來。

此時寶釵正在這裏。那林黛玉祇一言不發，挨着賈母坐下。寶玉沒甚說的，便向寶釵笑道：『大哥哥好日子，偏生我又不好了，沒別的禮送，連個頭也不得磕去。大哥哥不知我病，倒像我懶，推故不去的。倘或明日惱了，姐姐替我分辨分辨。』寶釵笑道：『這也多禮。你便要去，也不敢驚動，何況身上不好。弟兄們日日一處，要存這個心倒生分了。』寶玉又笑道：『姐姐知道體諒我就好了。』又道：『姐姐怎麼不看戲去？』寶釵道：『我怕熱，看了兩出，熱的很。要走，客又不散。我少不得推身上不好，就來了。』寶玉聽說，便由不得臉上沒意思，祇得又搭訕笑道：『怪不得他們拿姐姐比楊妃，原也體豐怯熱。』寶釵聽說，不由的大怒，待要怎樣，又不好怎樣。回思了一會，臉紅起來，便冷笑了兩聲，說道：『我倒像楊妃，祇是沒一個好哥哥、好兄弟可以作得楊國忠的！』二人正說着，可巧小丫頭靛兒，因不見了扇子，和寶釵笑道：『必是寶姑娘藏了我的。好姑娘，賞了我罷。』寶釵指他道：『你要仔細！我和你玩過，你再疑我。和你〔一〕素日嘻皮笑臉的那些姑娘們跟前，該問他們去。』說的靛兒跑了。寶玉自知又把話說造次了，當着許多人，更比方才在〔二〕林黛玉跟前更不好意思，便急回身又同別人搭訕去了。

林黛玉聽見寶玉奚落寶釵，心中着實得意，才要搭言也趁勢取個笑，不想靛兒因找扇子，寶釵又發了兩句話，他便改口笑道：『寶姐姐，你聽了兩出什麼戲？』寶釵因見林黛玉面上有得意之態，一定是聽了寶玉方才奚落之言，遂了他的心願，忽又見問他這話，便笑道：『我看的是李逵罵了宋江，後來又賠不是。』寶玉便笑道：『姐姐通今博古，色色都知道，怎麼連這一出戲的名字也不知道，就說了這麼一串子。這叫《負荊請罪》。』寶釵笑道：『原來這叫《負荊請罪》！你們通今博古，才知道「負荊請罪」，我不知道是什麼「負荊請罪」！』一句話未說了，寶玉、林黛玉二人心裏有病，聽了這話早把臉羞紅了。鳳姐于這些上雖不通，但祇看他三人形景，便知其意，便也笑着問人道：『你們大暑天，誰還吃生姜呢？』衆人不解其〔三〕意，便說道：『沒有吃生姜。』鳳姐故意用手摸着腮，詫异道：『既沒人吃生姜，怎麼這麼辣辣的？』寶玉、黛玉二人聽見這話，越發不好過了。寶釵再欲說話，見寶玉十分慚愧，形景改變，也就不好再說，祇得一笑收住，别人總未解得他四個人的言語，因此付之流水。

一時寶釵、鳳姐去了，林黛玉笑向寶玉道：『你也試着比我利害的人。誰都像我心拙口夯的，由着人說呢。』寶玉正因寶釵多了心，自己沒趣，又見林黛玉來問着他，越發沒好氣起來。待要說兩句，又恐林黛玉多心，說不得忍着氣，無精打采一直出來。

目今盛暑之際，又值早飯已過，各處主僕人等多半都因日長神倦，寶玉背着手，到一處，一處鴉雀無聞。從賈母這裏出去，往西走過了穿堂，便是鳳姐的院落。到他院門前，祇見院門掩着。知道鳳姐素日的規矩，每到天熱，午間要歇一個時辰的，進去不便，遂進角門，來到王夫人上房内。祇見幾個丫頭子手裏拿着針綫，卻打盹兒。王夫人在裏間涼榻上睡着，金釧兒坐在旁邊捶腿，也乜斜着眼亂晃。

寶玉輕輕的走到跟前，把他耳上帶的墜子一撥，金釧兒睜開眼，見是寶玉。寶玉悄悄的笑道：『就困的這麼着？』金釧抿嘴一笑，擺手令他出去，仍合上眼。寶玉見了他，就有些戀戀不捨的，悄悄的探頭瞧瞧王夫人合着眼，便自己向身邊荷包裏帶的香雪潤津丹掏了出來，便向金釧兒口裏一送。金釧兒并不睜眼，祇管噙了。寶玉上來便拉着手，悄悄的笑道：『我明日和太太討你，咱們在一處罷。』金釧兒不答。寶玉又道：『不然，等太太醒了我就討。』金釧兒睜開眼，將寶玉一推，笑道：『你忙什麼！「金簪子掉在井裏頭，有你的祇是有你的」，連這句話語難道也不明白？我倒告訴〔四〕你這個巧宗兒，你往東小院子裏拿環哥兒同彩雲去。』寶玉笑道：『憑他怎麼去罷，我祇守着你。』祇見王夫人翻身起來，照金釧兒臉上打了個嘴巴子，指着罵道：『下作小娼婦，好好的爺們，都叫你們教壞了。』寶玉見王夫人起來，早一溜烟去了。

這裏金釧兒半邊臉火熱，一聲不敢言語。登時衆丫頭聽見王夫人醒了，都忙進來。王夫人便叫玉釧兒：『把你媽叫上來，帶出你姐姐去。』金釧兒聽見說，忙跪下哭道：『我再不敢了。太太要打駡，祇管發落〔五〕，別叫我出去，就是天恩了。我跟了太太十來年，這會子攆出去，我還見人不見人呢！』王夫人固然是個寬仁慈厚的人，從來不曾打過丫頭們一下，今忽見金釧兒行此無耻之事，此乃平生最恨者，故氣忿不過，打了一下，駡了幾句。雖金釧兒苦求，亦不肯收留，到底喚了金釧兒之母白老媳婦來，領了下去。那金釧兒含羞忍辱的出去，不在話下。

且說寶玉見王夫人醒來，自己沒趣，忙進大觀園來。祇見赤日白天，樹陰合地，滿耳蟬聲，靜無人語。剛到了薔薇花架，祇聽見有人哽噎之聲。寶玉心中疑惑，便站住細聽，果然架下那邊有人。如今五月之際，那薔薇正是花葉茂盛之時，寶玉便悄悄的隔着籬笆洞兒一看，祇見一個女孩子蹲在花下，手裏拿着根綰頭的簪子在地下摳土，一面悄悄的流泪〔六〕。寶玉心中想道：『難道這也是個痴丫頭，又像顰兒來葬花不成？』因又自笑道：『若真也葬花，可謂「東施效顰」，不但不為奇特，且更可厭了。』想畢，便要叫那女子，說：『你不用跟着林姑娘學了。』話未出口，幸而再看時，這女孩子面生，不是個侍女，倒像是那十二個學戲的女孩子之内一個，卻辨不出他是生旦淨醜那一個角色〔七〕來。寶玉忙把舌頭一伸，將口掩住，自己想道：『幸而不曾造次。上兩次皆因造次了，顰兒也生氣，寶釵〔八〕也多心，如今再得罪了他們，越發沒意思了。』一面想，一面又恨認不得這個是誰。

再留神細看，衹見這女孩子眉蹙春山，眼顰秋水，面薄腰纖，裊裊婷婷，大有林黛玉之態。寶玉早又不忍棄他而去〔九〕，衹管痴看。衹見他雖然用金簪劃地，并不是掘土埋花，竟是向土上畫字。寶玉用眼隨着簪子的起落，一直一畫、一點、一勾的去數，一數，十八筆〔十〕。自己又在手心裏，用指頭按着他方才下筆的規矩寫了，猜是個什麼字。寫成一想·原來就是薔薇花的『薔』字。寶玉想道：『必定是他也要作詩填詞。這會子見了這花，因有所感，或者偶成了兩句，一時興至，恐忘了，故在地下畫着推敲，也未可知。且看他底下再寫什麼。』一面想，一面又看，衹見那女孩子還在那裏畫呢，畫來畫去，還是個『薔』字。再看，還是個『薔』字。裏面的原是早已痴了，畫完一個『薔』，又畫一個『薔』，已經畫了有幾十個。外面不覺的也看痴了，兩個眼睛珠兒衹管隨着簪子動，心裏卻想：『這女孩子一定有什麼說不出的大心事，才這麼個形景。外面既是這個形景，心裏不知怎麼熬煎。看他的模樣兒這般單薄，心裏那裏還擱的住熬煎。可恨我不能替你分些過來。』

伏中陰晴不定，片雲可致雨，忽一陣涼風過來，唰唰的落下一陣雨來。寶玉看着那女子頭上滴下水來，紗衣裳登時濕了。寶玉想道：『這時〔十二〕下雨，他這個身子，如何禁得驟雨一激！』因此禁不住便説道：『不用寫了。你看下大雨，身上都濕了。』那女孩子聽説，倒唬了一跳，抬頭一看，祇見花外一個人叫他不要寫了，下大雨了。一則寶玉臉面俊秀；二則花葉繁茂，上下俱被枝葉隱住，剛露着半邊臉，那女孩子祇當是個丫頭，再不想是寶玉，因笑道：『多謝姐姐提醒了我。難道姐姐在外頭有什麼遮雨的？』一句提醒了寶玉，『哎喲』了一聲，覺得渾身冰涼。低頭一看，自己身上也都濕了。説聲『不好了』，祇得一氣跑回怡紅院去了，心裏卻還記挂着那女孩子沒處避雨。

原來明日是端陽節，那文官等十二個女子都放了學，進園來各處玩耍，可巧小生寶官、正旦玉官兩個女孩子，正在怡紅院和襲人玩笑，被雨阻住。大家把溝堵了，水積在院内，把些綠頭鴨、花鸂鶒、彩鴛鴦，捉的捉，趕的趕，縫了翅膀，放在院内玩耍，將院門關了。襲人等都在游廊下嘻笑。寶玉見關着門，便以手扣門，裏面諸人祇顧笑，那裏聽見。叫了半日，拍的門山響，裏面方聽見了，估着寶玉這會子再不回來的。襲人笑道：『誰這會子叫門，誰人開去。』寶玉道：『是我。』麝月道：『是寶姑娘的聲音。』晴雯道：『胡說！寶姑娘這會子做什麼來。』襲人道：『讓我隔着門縫兒瞧瞧，可開就開，要不可開，叫他淋着去。』說着，便順着游廊到門前，往外一瞧，祇見寶玉淋的雨打鷄一般。襲人見了又是着忙又是可笑，忙開了門，笑的彎腰拍手道：『你怎麼大雨裏跑什麼？那裏知道是爺回來了。』

寶玉一肚子沒好氣，滿心裏要把開門的踢幾脚，及開了門，并不看真是誰，還祇當是那些小丫頭子們，便抬腿踢在肋上。襲人『哎喲』了一聲。寶玉還罵道：『下流東西們！我素日擔待你們得了意，一點兒也不怕，越發拿我取笑兒了。』口裏說着，一低頭，見是襲人哭了，方知踢錯了，忙笑道：『哎喲，原來是你！踢在那裏了？』襲人從來不曾受過一句大話的，今忽見寶玉生氣踢他一下，又當着許多人，又是羞，又是氣，又是疼，真一時置身無地。待要怎麼樣，料着寶玉未必是安心踢他，少不得忍着說道：『沒有踢着。還不換衣裳去。』寶玉一面進房來解衣，一面笑道：『我長了這麼大，今日頭一遭兒生氣打人，不想就偏遇見了你！』襲人一面忍痛換衣裳，一面笑道：『我是個起頭兒的人，不論事大事小是好是歹，自然也該從我起。但祇是別說打了我，明兒順了手也打起別人來。』寶玉道：『我才剛也不是安心。』襲人道：『誰說是你安心了！素日開門關門的，都是那些小丫頭子們的事。他們是憨皮慣了的，早已恨的人牙癢，他們也沒個怕懼兒。你當是他們，踢一下子，唬唬他們也好。才剛是我淘氣，不叫開門的。』

說着，那雨已住了，寶官、玉官已早去了。襲人祇覺肋下疼的心裏發鬧，晚飯也不曾好生吃。至晚間洗澡時脫了衣服，祇見肋上青了碗大一塊，自己倒唬了一跳，又不好聲張。一時睡下，夢中作痛，由不得『哎喲』之聲從睡中哼出。寶玉雖說不是安心，因見襲人懶懶的，也睡不穩。忽夜間聽見『哎喲』，便知踢重了，自己下床來悄悄地秉燈來照。剛到床前，祇見襲人嗽了兩聲，吐出一口痰來，『哎喲』一聲，睜開眼見了寶玉，倒唬了一跳，道：『做什麼？』寶玉道：『你夢裏「哎喲」，必定我踢重了。我瞧瞧。』襲人道：『我頭上發暈，嗓子裏又腥又甜，你倒照一照地下罷。』寶玉聽說，果然持燈向地下一照，祇見一口鮮血在地。寶玉慌了，祇說『了不得了！』襲人見了（十二），也就心冷了半截。要知端的，且聽下回分解。

總評

愛衆不常，多情不壽。風月情懷，醉人如酒。

校記

〔一〕此處的『和你』二字，原文爲『你和』，據庚辰本改。

〔二〕原文無『在』字，據庚辰本補。

〔三〕原文無『其』字，據庚辰本補。

〔四〕此處原文有『了』字，據庚辰本删去。

〔五〕此處的『發落』二字，原文爲『罰落』，據列藏本改。

〔六〕此處的『流泪』二字，原文爲『流泣』，據列藏本改。

〔七〕此處的『角色』二字，原文爲『脚色』，據庚辰本改。

〔八〕此處的『寶釵』二字，原文爲『寶釵兒』，據夢稿本改。

〔九〕此處的『弃他而去』數字，原文爲『弃他相去』，據蒙府本改。

〔十〕此處的『十八筆』三字，原文爲『十七筆』，據蒙府本改，庚辰本同蒙府本。

〔十一〕此處的『時』字，原文爲『是』，據庚辰本改。

〔十二〕此處原文有『他』字，據蒙府本删去。

第三十一回

撕扇子作千金一笑　因麒麟伏白首雙星

【回前】撕扇子，是以不知情之物，供嬌嗔不知情時之人一笑，所謂『情不情』。金玉姻緣已定。又寫一金麒麟，是間色法也。何顰兒爲其所惑？故顰兒謂『情情』。

話說襲人見了自己吐的鮮血在地，也就冷了半截，想着往日常聽人說：『少年吐血，年月不保，縱然命長，總是廢人了。』想起此言，不覺將素日想着後來爭榮誇耀之心盡皆灰了，眼中不覺滴下淚來。寶玉見他哭了，也不覺心酸起來，因問道：『你心裏覺的怎麼樣？』襲人勉強笑道：『好好的，覺怎麼呢？』寶玉的意思，即刻便要叫人燙黃酒，要山羊血黎洞丸來。襲人拉了他的手，笑道：『你〔一〕這一鬧不打緊，鬧起〔二〕多少人來，倒抱怨我輕狂。分明人不知道，倒鬧的人知道了，你也不好，我也不好。正經明兒你打發小子，問問王太醫去，弄點子藥吃吃就好了。人不知鬼不覺的可不好麼？』寶玉聽了有理，也衹得罷了，向案上斟了茶來，給襲人漱了口。襲人知寶玉心內是不安穩的，待要不叫他伏侍，他又必不依；二則定要驚動別〔三〕人，不如由他去罷，因此衹在榻上由寶玉去伏侍。一交五更，寶玉也顧不的梳洗，忙穿衣出來，將王濟仁叫來，親自確問。王濟仁問其原故，是傷損，便說了個丸藥的名字，怎麽服，怎麽敷。寶玉記了，回園依方調治，不在話下。

這日正是端陽佳節，蒲艾簪門，虎符系背。午間，王夫人治了酒席，請薛家母女等賞午。寶玉見寶釵淡淡的，也不和他說話，自知是昨兒的原故。王夫人見寶玉沒精打采，也衹當是金釧兒昨日之事，他沒好意思的，越發不理他。黛玉見寶玉懶懶的，衹當是他因為得罪了寶釵的原故，心中不悅，形容也就懶懶的。鳳姐昨日晚間王夫人就告訴了他寶玉、金釧的事，知道王夫人不自在，自己如何敢說笑，也就隨着王夫人的氣色行事，更覺淡淡的。賈迎春姊妹見衆人無意思，也都無意思了。因此，大家坐了一坐，就散了。

林黛玉天性喜散不喜聚，他想的也有個道理。他說：『人有聚就有散，聚時歡喜，到散時豈不清冷？既清冷，則生傷感，所以不如倒是不聚的好。比如那花開時令人愛慕，謝時則增惆悵，所以倒是不開的好。』故此人以為喜之時，他反以為悲。那寶玉情性衹願常聚，生怕一時散了添悲；比如那花衹願常開，生怕一時謝了沒趣；衹到筵散花謝，雖有萬種悲傷，也就無可如何了。因此，今日之筵，大家無興散了，林黛玉倒不覺得，倒是寶玉心中悶悶不樂，回至自己房中長嗟短嘆。

偏生晴雯上來換衣服，不防又把扇子失手跌在地下，將股子跌折。寶玉因嘆道：『蠢才，蠢才！將來怎麼樣？明兒你自己當家立事，難道也是這麼顧前不顧後的？』晴雯冷笑道：『二爺近來氣大的很，行動就給臉子瞧。前兒連襲人都打了，今兒又來尋我們的不是。要踢要打憑爺去！就是跌了扇子，也是平常的事。先時連那麼樣的玻璃缸、瑪瑙碗不知弄壞多少，也沒見個大氣兒，這會子一把扇子就這麼着了。何苦來！要嫌我們就打發我們，再挑好的使。好離好散的，倒不好？』寶玉聽了這些話，氣的渾身發顫，因說道：『你不用忙，將來有散的日子！』

襲人在那邊早已聽見，忙趕過來，向寶玉道：『好好的，又怎麼了？可是我說的「一時我不到，就有事故兒」。』晴雯聽了冷笑道：『姐姐既會說，就該早來，也省了爺生氣。自古以〔四〕來，就是你一個人伏侍爺的，我們原沒伏侍過。因為你伏侍的好，昨日才挨過窩心腳；我們不會伏侍的，明兒還不知是個什麼罪呢！』襲人聽了這話，又是惱，又是愧，待要說幾句話，又見寶玉已經氣的黃了臉，少不得自己忍了性子，推晴雯道：『好妹妹，你出去逛逛，原是我們的不是。』晴雯聽他說『我們』兩個字，自然是他和寶玉了，不覺又添了醋意，冷笑幾聲，道：『我倒不知道你們是誰，別叫我替你們害臊了！便是你們的鬼鬼祟祟幹的那事兒，也瞞不過我去，那裏就稱起「我們」來了？正明公道，連個姑娘還沒掙上去呢，也不過和我似的，那裏就稱上「我們」了！』襲人羞的臉紫脹起來，想一想，原是自己把話說錯了。寶玉一面說：『你們氣不忿，我明兒偏抬舉他。』襲人忙拉了寶玉的手道：『他一個糊塗人，你和他分證什麼？況且你素日又是有擔待的，比這大的過去了多少，今兒是怎麼了？』晴雯冷笑道：『我原是糊塗人，那裏配和你說話呢！』襲人聽說道：『姑娘倒底是和我拌嘴呢，是和二爺拌嘴呢？要是心裏惱我，你祇和我說，不犯當着二爺吵，要是惱二爺，不該這麼吵的萬人知道。我才也不過是為了事，進來勸開了，大家保重。姑娘倒尋上我的晦氣。又不像是惱我，又不像是惱二爺，夾槍帶棒，終究是個什麼主意？我就不多說，讓你說去！』說着便往外走。寶玉向晴雯道：『你也不用生氣，我也猜着你的心事了。我回太太去，你也大了，打發你出去，可好不好？』晴雯聽見了這話，不覺又傷起心來，含淚說道：『為什麼我出去？要嫌我，變着法兒打發我出去，也不能夠。』寶玉道：『我何曾經過這個吵鬧？一定是你要出去了。不如回太太，打發你去吧。』說着，站起來就要走。襲人忙回身攔住，笑道：『往那裏去？』寶玉道：『回太太去。』襲人笑道：『好沒意思！認真的去回，也不怕臊了？便是他認真要去，也等他把這氣下去了，等無事中說話兒回了太太也不遲。這會子急急的當一件正經事去回，豈不叫太太犯疑？』寶玉道：『太太必不犯疑，我祇明說是他鬧着要去的。』晴雯哭道：『我多早晚鬧着要去了？饒生了氣，還拿話壓派我。祇管去回，我一頭碰死了也不出這門兒。』寶玉道：『這又奇了。你又不去，你又鬧些什麽？我經不起這吵，不如去了倒幹淨。』說着一定要去回。襲人見攔不住，祇得跪下了。碧痕、秋紋、麝月等衆丫鬟見吵鬧，都鴉雀無聞的在外頭聽消息，這會子聽見襲人跪下央求，便一齊進來都跪下了。寶玉忙把襲人扶起來，嘆了一聲，在床上坐下，叫衆人起去，向襲人道：『叫我怎麽樣才好！這個心使碎了也沒人知道。』說着不覺滴下淚來。襲人見寶玉流下淚來，自己也就哭了。

晴雯在旁哭着，方欲說話，祇見林黛玉進來，便出去了。林黛玉笑道：『大節下怎麽好好的哭起來？難道是為爭粽子吃爭惱了不成？』寶玉和襲人『嗤』的一笑。黛玉道：『二哥哥不告訴我，問他就知道了。』一面說，一面拍着襲人的肩，笑道：『好嫂子，你告訴我。必定是你們兩個拌了嘴，告訴妹妹，替你們和勸和勸。』襲人推他道：『林姑娘你鬧什麽？我們一個丫頭，姑娘祇是混說。』黛玉笑說：『你說你是丫頭，我祇拿你當嫂子。』寶玉道：『你何苦來替他招駡名兒。饒這麽着，還有人說閑話，還擱的住你來說他。』

襲人笑道：『林姑娘，你不知道我的心事，除非一口氣不來死了倒也罷了。』林黛玉笑道：『你死了。別人不知怎麼樣，我先就哭死了。』寶玉笑道：『你死了，我做和尚去。』襲人笑道：『你老實些罷，何苦還說這些話！』林黛玉將兩個指頭一伸，抿嘴笑道：『做了兩個和尚了。我從今以後都記着你做和尚的遭數兒。』寶玉聽了，知道是他點前日的話，自己一笑也就罷了。

一時，黛玉去後，就有人說『薛大爺請』，寶玉祇得去了。原來是吃酒，不能推辭，祇得盡席而散。晚間回來，已帶了幾分酒，踉蹌來至自己院內，祇見院中早把乘涼枕榻設下，榻上有個人睡着。寶玉祇當是襲人，一面在榻沿上坐下，一面推他，問道：『疼的好些了？』祇見那人翻身起來說：『何苦又來招我！』寶玉一看，原來不是襲人，卻是晴雯。寶玉將他一拉，拉在身旁坐下，笑道：『你的性子越發嬌慣了。早起就是跌了扇子，我不過就說那兩句，你就說上那些話。你說我也罷了，襲人好意來勸，你又括上他，你自己想想，該不該？』晴雯道：『怪熱的，拉拉扯扯像什麼？叫人看見像什麼！我這身子也不配坐在這裏。』寶玉笑道：『你既知道不配，為什麼睡着呢？』晴雯沒的話，『嗤』的又笑了，說：『你不來，便使得；你來了，就不配了。起來！讓我洗澡去。襲人、麝月都洗了澡，我叫了他們來。』寶玉笑道：『我才又吃了好些酒，還得洗一洗。你既沒有洗，拿了水來，咱們兩個洗。』晴雯搖手笑道：『罷，罷！我不敢惹爺。還記得碧痕打發你洗澡，足有兩三個時辰，也不知道做什麼呢。我們也不好進去的。後來洗完了，進去瞧瞧，地下的水淹着床腿，連席子上都汪着水，也不知是怎麼洗了，笑了幾天。我也沒那工夫收拾，也不用同我洗去。今兒也涼快，那會子洗了，可也不用洗了。我倒舀一盆水來，你洗洗臉，通通頭。才剛鴛鴦送了好些果子來，都湃在那水晶缸裏呢，叫他們打發你吃。』寶玉笑道：『既這麼着，你也不許洗去，衹洗洗手，來拿果子吃罷。』晴雯笑道：『我慌張的很，連扇子還跌折了，那裏還配打發吃果子？倘或再打破了盤子，更了不得呢。』寶玉笑道：『你愛打就打，這些東西原不過是借人所用，你愛這樣，我愛那樣，各自性情不同。比如那〔五〕扇子原是扇的，我要撕着玩也可以使得，衹是不可生氣時拿他出氣。就如杯盤，原是盛東西的；你歡喜聽那聲響，就故意的打碎了也可以使得，衹是別在生氣時拿他出氣。這就是「愛物」了。』晴雯聽了，笑道：『既這麼說，你就拿了扇子來我撕。我最喜歡撕的。』寶玉聽了，便笑着遞與他。晴雯果然接過來，『嗤』的一聲，撕了兩半，接着『嗤嗤』，又聽幾聲。寶玉在旁笑着說：『響的好！再撕響些！』正說着，衹見麝月走過來，笑道：『少作些孽罷。』寶玉趕上來，一把將他手裏的扇子也奪了遞與晴雯。晴雯接了，也撕了幾半子，二人都大笑。麝月道：『這是怎麼說，拿我的東西開心兒？』寶玉笑道：『打開扇子匣子你揀去，什麼好東西！』麝月道：『既這麼說，就把匣子搬了出來，讓他盡力的撕。豈不好？』寶玉笑道：『你就搬去。』麝月道：『我可不造這孽。他也沒折了手，叫他自己搬去。』晴雯笑着，倚在床上說道：『我也乏了，明兒再撕罷。』寶玉笑道：『古人雲，「千金難買一笑」，幾把扇子能值幾何！』一面說着，一面叫襲人。襲人才換了衣服走出來，小丫頭佳蕙過來拾去破扇，大家乘涼，不消細說。

至次日午間，王夫人、薛寶釵、林黛玉衆姊妹正在賈母房中坐着，就有人回：『史大姑娘來了。』一時，果見史湘雲帶領許多丫鬟、媳婦走進院來。寶釵、黛玉等忙迎至階下相見。青年姊妹間經月不見，一旦相逢，其親密自不消說得。一時進入房中，請安問好，都見過了。賈母因說：『天熱，把外頭的衣服脫了罷。』史湘雲忙起身寬衣。王夫人因笑道：『也沒見穿上這些做什麼？』史湘雲笑道：『都是二嬸嬸叫穿的，誰願意穿這些。』寶釵在旁笑道：『姨媽不知道，他穿衣裳還更愛穿別人的衣裳。可記得舊年三四月裏，他在這裏住着，把寶〔六〕兄弟的袍子〔七〕穿上，靴子也穿上，額子也勒上，猛一瞧倒像是寶兄弟，就是多兩個墜子。他站在那椅子背後，哄的老太太衹是叫：「寶玉，你過來，仔細頭上挂的燈穗子招下灰來迷了眼。」他衹是笑，也不過去。後來大家撐不住笑了，老太太才笑了，說：「倒扮上小子好看了」。』林黛玉道：『這算什麼。惟有前年正月裏接了他來，住了沒兩日，下起雪來，老太太和舅母那日想是才拜了影回來，老太太的一個簇新的大紅猩猩氈鬥篷放在那裏，誰知眼錯不見他就披了，又大又長，他就拿了個手帕子，攔腰系上，和丫頭們在後院子裏撲雪人兒去，一跤栽在溝跟前，弄了一身泥水。』說着，大家想着前情，都笑了。寶釵笑向那〔八〕周奶媽道：『周媽，你們姑娘還那麼淘氣不淘氣了？』周奶娘也笑了。迎春笑道：『淘氣也罷了，我就嫌他愛說話。也沒見睡在那裏還咭咭呱呱，笑一陣，說一陣，也不知那裏來的那些謊話？』王夫人道：『祇怕如今好了。前日有人家來相看，眼見有婆婆家了，還是那麼着？』賈母因問：『今兒還是住着，還是家去呢？』周奶娘笑道：『老太太沒有看見衣服都帶了來，可不住兩天？』史湘雲問道：『寶玉哥哥不在家麼？』寶釵笑道：『他不想着別人，祇想寶兄弟，兩個人好玩的。這可見還沒改了淘氣。』賈母道：『如今你們大了，別提小名兒了。』

剛說着，祇見寶玉來了，笑道：『雲妹妹來了。怎麼前兒打發人接你去，怎麼不來？』王夫人道：『這裏老太太才說這一個，他又來提名道姓的了。』林黛玉道：『你哥哥得了好東西，等着你呢。』湘雲道：『什麼好東西？』寶玉笑道：『你信他呢！幾日不見，越發高了。』湘雲笑道：『襲人姐姐好？』寶玉道：『多謝你記念。』湘雲道：『我給他帶了好東西來了。』說着，拿出手帕子來，挽着一個疙瘩。寶玉道：『什麼好的？你倒不如把前兒送來的那種絳紋石的戒指兒帶兩個給他。』湘雲笑道：『這是什麼？』說着便打開。衆人看時，果然就是上次送來的那絳紋石戒指，一包四個。林黛玉笑道：『你們瞧瞧，他這主意！前兒一般的打發人給我們送了來，你就把它〔九〕也帶了來，豈不省事？今兒巴巴的自己帶了來，我當又是什麼新奇東西，原來還是它〔十〕！真真你是糊塗人。』史湘雲笑道：『你才糊塗呢！我把這理說出來，大家評一評，誰糊塗？給你們送東西，就是使來的人不用說話，拿進來一看，自然就知道是送姑娘們的了；若帶他們的東西，這得我先告訴來人，這是那一個丫頭的，那是那一個丫頭的，那使來的人明白還好，再糊塗些，丫頭的名字他也不記得，混鬧胡說的，反連你們的東西都攪糊塗了。若是打發個女人素日知道的還罷了，偏生前兒又打發小子來，可怎麼說丫頭們的名字呢？橫豎我來給他們帶來，豈不清白。』說着，把四個戒指放下，說道：『襲人姐姐一個，鴛鴦姐姐一個。金釧兒姐姐一個，平兒姐姐一個：這倒是四個人的，難道小子們也記得這麼清白？』衆人聽了，都笑道：『果然明白。』寶玉笑道：『還是這麼會說話，不讓人。』林黛玉聽了，冷笑道：『他不會說話，他的金麒麟也會說話。』一面說着，便起身走了。幸而諸人都不曾聽見，衹有薛寶釵抿嘴一笑。寶玉聽見，倒自己後悔又說錯了話，忽見寶釵一笑，由不得也笑了。寶釵見寶玉笑了，忙起身走開，找了林黛玉去說笑。

賈母因向湘雲道：『吃了茶歇一歇，瞧瞧你的嫂子們去。園裏也涼快，同你姐姐們去逛逛。』湘雲答應了，將三個戒指兒包上，歇了一歇，便起身要瞧鳳姐等人去。衆奶娘、丫頭跟着，到了鳳姐那裏，說笑了一會，出來便往大觀園來。見過了李宮裁，少坐片時，便往怡紅院來找襲人。因回頭說道：『你們不必跟着，祇管瞧你們的朋友、親戚去，留下翠縷伏侍就是了。』衆人聽了，自去尋姑覓嫂，早剩下湘雲、翠縷兩個人。翠縷道：『這荷花怎麼還不開？』史湘雲道：『時候沒到。』翠縷道：『這也和咱們家池子裏的一樣，也是樓子花？』湘雲道：『他們這個還不如咱們的。』翠縷道：『他們那邊有棵石榴，接連四五枝，真是樓子上起樓子，這也難為他長。』湘雲道：『花草也是同人一樣，氣脈充足，長的就好。』翠縷把臉一扭，說道：『我不信這話。若說同人一樣，我怎麼不見頭上又長出一個頭來的人？』湘雲聽了，由不得一笑，說道：『我說你不用說話，你偏好說。這叫人怎麼好答言？天地間都賦陰、陽二氣所生，或正或邪，或奇或怪，千變萬化，都是陰、陽順逆。多少一生出來，人罕見的就奇，究竟理還是一樣。』翠縷道：『這麼說起來，從古至今，開天辟地，都是陰、陽了？』湘雲笑道：『糊塗東西，越說越放屁。什麼「都是些陰、陽」，難道還有個「陰、陽」不成！「陰」、「陽」兩個字還祇一字，「陽」盡了就成「陰」，「陰」盡了就成「陽」，不是「陰盡了又有個「陽」生出來，「陽」盡了又有個「陰」生出來。』翠縷道：『這糊塗死了我！什麼是個「陰、陽」，沒影沒形的。我祇問姑娘，這「陰、陽」是怎麼個樣兒？』湘雲道：『「陰、陽」可有什麼樣兒，不過是個氣，器物賦了成形。比如天是「陽」，地就是「陰」；水是「陰」，火就是「陽」；日是「陽」，月就是「陰」。』翠縷聽了，笑道：『是了，是了，我今兒可明白了。怪道人都看着日頭叫「太陽」呢，算命的〔十一〕管着月亮叫什麼「太陰星」，就是這個理了。』湘雲笑道：『阿彌陀佛！剛剛的明白了。』翠縷道：『這些大東西有「陰、陽」也罷了，難道那些蚊子、虼蚤、蠓蟲兒、花兒、草兒、瓦片兒、磚頭兒也有「陰、陽」不成？』湘雲道：『怎麼沒有呢？比如那一個〔十二〕樹葉兒還分「陰、陽」呢，那邊向上朝陽的就是「陽」，這邊背陰覆下的就是「陰」。』翠縷聽了，點頭笑道：『原來這樣，我可明白了。祇是咱們這手裏的扇子，怎麼是「陽」，怎麼是「陰」呢？』湘雲道：『這邊正面就是「陽」，那反面就為「陰」。』翠縷又點頭笑了，還要拿幾件東西問〔十三〕，因想不起個什麼來，猛低頭就看見湘雲宮絛上系的金麒麟，便提起來笑道：『姑娘，這個難道也有「陰、陽」？』湘雲道：『走獸飛禽，雄為「陽」，雌為「陰」；牝為「陰」，牡為「陽」。怎麼沒有呢！』翠縷道：『這是公的，到底是母的呢？』湘雲道：『這連我也不知道。』翠縷道：『這也罷了，怎麼東西都有「陰、陽」，咱們人倒沒有「陰、陽」呢？』湘雲照臉啐了一口道：『下流東西，好生走罷！越說越說出好的來了！』翠縷笑道：『這有什麼不告訴我的呢？我也知道了，不用難我；』湘雲笑道：『你知道什麼？』翠縷道：『姑娘是「陽」，我就是「陰」。』說着，湘雲拿手帕子捂着嘴，呵呵的笑起來。翠縷道：『說是了，就笑的這樣！』湘雲道：『很是，很是。』翠縷道：『人規矩，主子為「陽」，奴才為「陰」。我連這個大道理也不懂得？』湘雲笑道：『你很懂得』。

一面說，一面走〔十四〕，剛到薔薇架下，湘雲道：『你瞧那是誰掉〔十五〕的首飾，金晃晃在那裏。』翠縷聽了，忙趕上拾在手裏攥着，笑道：『可分出「陰、陽」來了。』說着，先拿史湘雲的麒麟瞧。史湘雲要他揀的瞧，翠縷祇管不放手，笑道：『是件寶貝，姑娘瞧不得。這是從那裏來的？好奇怪！我從來在這裏，沒見有人有這個。』湘雲道：『拿來我瞧瞧。』翠縷將手一撒，笑道：『請看。』湘雲舉目一驗，卻是文彩輝煌的一個金麒麟，比自己佩的又大又有文采。湘雲伸手擎在掌上，祇是默默不語，正自出神，忽見寶玉從那邊來了，笑問道：『你兩個在這日頭底下做什麼呢？怎麼不找襲人去了？』史湘雲連忙將那麒麟藏起道：『正要去呢。咱們一處走。』說着，大家進入怡紅院來。

襲人正在階上倚檻追風，忽見湘雲來了，連忙迎下來，攜手笑說一向別情景況。一時進來歸坐，寶玉因笑道：『你該早來，我得了一件好東西，專等你呢。』說着，一面在身上摸掏，掏了半天，『阿呀』了一聲，便問襲人『那個東西你收起來了麼？』襲人道：『什麼東西？』寶玉道：『前兒得的麒麟。』襲人道：『你天天帶在身上的，怎麼問我？』寶玉聽了，將手一拍，說道：『這可丟了，往那裏找去！』就要起身自己尋去。史湘雲聽了，方知是他遺落的，便笑問道：『你幾時也有麒麟了？』寶玉道：『前兒好容易得的呢，不知多早晚丟了，我也糊塗了。』史湘雲笑道：『幸而是玩的東西，還是這麼慌張。』說着，將手一撒，笑道：『你瞧瞧，是這個不是？』寶玉一見由不得歡喜非常，因說道：……不知是如何，且聽下回分解。

總評

後數十回若蘭在射圃所佩之麒麟，正此麒麟也。提綱伏于此回中。所謂草蛇灰綫，在千裏之外。

校記

〔一〕原文無『你』字，據庚辰本補。
〔二〕原文無『起』字，據己卯本補。
〔三〕原文無『別』字，據庚辰本補。
〔四〕此處的『以』字，原文爲『一』，據蒙府本改。
〔五〕此處的『那』字，原文爲『搧』，據蒙府本改。
〔六〕原文無『寶』字，據蒙府本補。
〔七〕此處的『袍子』二字，原文爲『袍』，據蒙府本改。
〔八〕原文無『那』字，據蒙府本補。
〔九〕〔十〕此處的『它』字，原文爲『他』，校者改。
〔十一〕原文無『的』字，據蒙府本補。
〔十二〕此處的『個』字，原文爲『顆』，據蒙府本改。
〔十三〕原文無『問』字，據庚辰本補。
〔十四〕原文無『走』字，據庚辰本補。
〔十五〕此處的『掉』字，原文爲『吊』，校者改。

第三十二回

訴肺腑心迷活寶玉　含耻辱情烈死金釧

【回前】前明顯祖湯先生有《懷人詩》一絕，讀之堪合此回，故録之以待知音：『無情無盡却情多，情到無多得盡麽。解到多情情盡處，月中無影水無波。』

話説寶玉見那麒麟，心中甚是歡喜，便伸手來拿，笑道：『虧你揀着了。你是那裏揀的？』史湘雲笑道：『幸而是這個，明兒倘或把印也丢了，難道也就罷了不成？』寶玉笑道：『倒是丢了印平常，若丢了這個，我就該死了。』襲人斟了茶來與史湘雲吃，一面笑道：『大姑娘，聽見前兒你大喜了。』史湘雲紅了臉，吃茶不答。襲人道：『這會子又害臊了。你還記得十年前，咱們在西邊暖閣住着，晚上你同我説的話兒？那會子不害臊，這會子怎麽又害臊了？』史湘雲笑道：『你還説呢，那會子咱們那麽好，後來我們太太沒了，我家去住了一程子，怎麽就把你派了跟二哥哥；我來了，你就不像先待我了。』襲人笑道：『你還説呢，先姐姐長、姐姐短哄着我替你梳頭洗臉，作這個，弄那個；如今大了，就拿出小姐的款來。蒙側：大家風範，情景逼真。你既拿小姐的款，我怎麼敢親近呢？』史湘雲道：『阿彌陀佛，冤枉冤哉〔一〕！我要這樣，就立刻死了。你瞧瞧，這麼大熱天，我來了，必定趕來先瞧瞧你。你不信，你問問縷兒，我在家時時刻刻，那一回不念你幾聲？』話未了，忙的襲人和寶玉都勸道：『玩話你又認真了，還是這麼性急！』史湘雲道：『你不說你的話噎人，倒說人性急。』一面說，一面打開手帕子，將戒指遞與襲人。蒙側：心中意中，多少情致。襲人感謝不盡，因笑道：『你前兒送你姐姐們的，我已得了；今兒親自又送來，可見是沒忘了我。祇這個就試出你來了。戒指兒能值多少，可見你的心真。』史湘雲道：『是誰給你的？』襲人道：『是寶姑娘給我的。』湘雲笑道：『我祇當林姐姐給你的，原來是寶釵姐姐給了你。我天天在家裏想着，這些姐姐們再沒一個比寶姐姐好的。可惜我們不是一個娘養的，我但凡有這麼個親姐姐，就是沒了父母，也是沒妨礙的。』說着，眼睛圈兒就紅了。蒙側：千古同慨！

寶玉道：『罷，罷！不用提這話。』史湘雲道：『提這個便怎麼？我知道你的心病，恐怕你的林妹妹聽見，又怪嗔我贊了寶姐姐。可是為這個不是？』襲人在旁『嗤』的一笑，說道：『雲姑娘，你如今大了，越發心直嘴快了。』寶玉笑道：『我說你們這幾個人是難說話，果然不錯。』史湘雲道：『好哥哥，你不必說了，叫我惡心。衹會在我們跟前說話，見了你林妹妹，又不知怎麼了。』蒙側：豪爽情形如畫。

襲人道：『且別說話，正有一件事還要求你呢。』史湘雲便問『什麼事？』襲人道：『有一雙鞋，摳了墊心子。我這兩日身上不好，不得做，你可有工夫替我做做？』史湘雲笑道：『這又奇了，你家放着這些巧人不算，還有什麼針綫上的，裁剪上的，怎麼叫我做起來？你的活計叫誰做，誰好意思〔二〕不做呢。』襲人笑道：『你又糊塗了。你難道不知道，我們這屋裏的針綫，是不要那些針綫上的做的。』蒙側：『我們這屋裏』等字，精神活跳。史湘雲聽了，便知是寶玉的鞋了，因笑道：『既這麼說，我就替你做了罷。衹是一件，你的我才做，別人的我可不能。』襲人笑道：『又來了！我是個什麼，就煩你做鞋了？實告訴你，可不是我的。你別管是誰的，橫竪我領情就是了。』史湘雲道：『論理，你的東西也不知煩我做了多少，今兒我倒不做了的原故，你必定也知道。』襲人道：『倒也不知道。』蒙側：反襯迭起，靈活之至。史湘雲冷笑道：『前兒我聽見把我做的扇套子拿着和人家比，賭氣又鉸了。我早就聽見了，你還瞞我？這會子又叫我做，我成了你們的奴才了！』寶玉忙笑道：『前兒的那事．本不知是你做的。』襲人也笑道：『他本不知是你做的。是我哄他的話，說是新近外頭有個會做活計的女孩子，說扎的出奇的花，我叫他們拿了一個扇套子試試看好不好。也就信了，拿出去給這個瞧給那個看的。不知怎麼又惹惱了林姑娘，便鉸了兩段。回來他還叫着人做去，我才說了是你做的，他後悔的什麼似的。』（蒙側：描神。）史湘雲道：『這越發奇了。林姑娘他也犯不上生氣，他既會剪，就叫他做。』襲人道：『他可不做呢。饒這麼着，老太太還怕他勞碌呢。大夫又說道：「好生靜養才好。」誰還煩他做？舊年好一年的工夫，做了個香袋兒；今年半年，還沒見拿針綫呢。』

正說着，有人來回說：『興隆街的大爺來了，老爺叫二爺出去會。』寶玉聽了，便知賈雨村來了，心中好不自在。襲人忙去拿衣服。寶玉一面蹬着靴子，一面抱怨道：『有老爺和他坐着就罷了，回回定要見我。』（蒙側：原本煩俗。）史湘雲一邊搖着扇子，笑道：『自然你能會賓接客，老爺才叫你出去呢。』寶玉道：『那裏是老爺？都是他自己要請我去見的。』湘雲笑道：『「主雅客來勤」，自然你有些驚他的好處，他才衹要會你。』寶玉道：『罷，罷！我也不敢稱雅，俗中又俗的一個俗人，并不願同這些人往來。』（蒙側：我也不知寶玉是雅是俗，請諸同類一擬。）湘雲笑道：『還是這個情性，改不了。如今大了，你就不願讀書去考舉人進士的，也該常會會這些為官做宰的人們，談談講講些仕途經濟的學問，也好將來應酬世務，日後也有個朋友。沒見你成年家衹在我們隊裏攪些什麼！』寶玉聽了，道：『姑娘請別的姊妹屋裏坐坐，我這裏仔細臟了你知經濟學問的。』襲人道：『雲姑娘快別說這話。上回也是寶姑娘也說過一回，蒙側：此際不同湘雲一語，湘雲也實難出一語。他也不管人臉上過的去過不去，就「咳」了一聲，拿起腳來走了。這裏寶姑娘的話也沒說完，見他走了，登時羞得臉通紅，看他說不是，不說又不是。幸而是寶姑娘，那要是林姑娘，不知又鬧的怎麼樣，哭的怎麼樣呢。提起這些話來，真真寶姑娘叫人敬重，自己訕了一會子去了。我倒過不去，蒙側：襲人善解紛（原作忿）。衹當他惱了。誰知道後來還是照舊一樣，真真有涵養，心地寬大。誰知這一個，反倒同他生分了。那林姑娘見你賭氣不理他，你得賠多少不是呢。』寶玉道：『林姑娘從來說過這些混帳話不曾？若他也說過這些混帳話，我早和他生分了。』蒙側：花愛水清明，水憐花色鮮。浮落雖同流，空惹魚龍涎。襲人和湘雲都點頭笑道：『這原是混帳話？』辰：寫足憨寶玉，殊可發一大笑。

原來林黛玉知道史湘雲在這裏，寶玉一定要趕來，說麒麟的原故。因此心下忖度着，近日寶玉弄來的外傳野史，多半才子佳人，都因小巧玩物上撮合，或有鴛鴦，或有鳳凰，或玉環金佩，或鮫帕鸞絛，皆由小物而遂終身。今忽見寶玉亦有麒麟，便恐因此生隙，同史湘雲也做出那些風流佳事來。因而悄悄走來，見機行事，以察二人之意。不想剛走來，正聽見史湘雲說經濟事，寶玉又說：『林妹妹不說這樣混帳話，若說這話，我也和他生分了。』林黛玉聽了這話，不覺又喜又驚，又悲又嘆。所喜者，果然自己眼力不錯，素日認他是個知己，果然是個知己。所驚者，他在人前一片私心稱揚于我，其親熱厚密，竟不避嫌疑。所嘆者，你既為我之知己，自然我亦可為你之知己矣；既你我為知己，則又何必有金玉之論哉；既有金玉之論，亦該你我有之，則又何必來一寶釵哉！所悲者，父母早逝，雖有銘心刻骨之言，無人為我主張。況近日每覺神思恍惚，病已漸成，醫者更雲氣弱血虧，恐致勞怯之癥。你我雖為知己，但恐自不能久待；你縱為我知己，奈我薄命何！想到此間，不禁滾下淚來。待要進去相見，自覺無味，便一面拭淚，一面抽身回去了。蒙側：普天下才子佳人，英雄俠客（原無）都同來一哭。我雖愚濁，也願同聲一哭！

這裏寶玉忙忙的穿了衣服出來，忽抬頭見了林黛玉在前面慢慢的走着，似有拭淚之狀，便忙趕上來，笑道：『妹妹往那裏去？蒙側：關心情致。怎麼又哭了？又是誰得罪了你？』林黛玉回頭見是寶玉，便勉強笑道：『好好的，我何曾哭了。』寶玉笑道：『你瞧瞧，眼睛上的淚珠兒未幹，還撒謊呢。』一面說，一面禁不住抬起手來替他拭淚。林黛玉忙向後退了幾步，說道：『你又要死了！做什麼這麼動手動腳的！』蒙側：嬌羞態（原作熊）。寶玉笑道：『說話忘了情，不覺的動了手，也就顧不的死活。』林黛玉道：『你死了倒不值什麼，祇是丟下了什麼金，又是〔三〕什麼麒麟，可怎麼樣呢？』一句話又把寶玉說急，趕上來問道：『你說這話，到底是咒我還是氣我呢？』林黛玉見問，方想起前日事來，遂自悔自己又說造次了，忙笑道：『你別着急，我原說錯了。這有什麼的，筋都暴起來，急的一臉汗。』一面說，一面禁不住近前伸手替他拭面上的汗。蒙側：痴情態（原作熊）。寶玉瞅了半天，方說道『你放心』三個字。蒙側：連我今日看之也不懂，是何等文章。林黛玉聽了，怔了半天，方說道：『我有什麼不放心的？我不明白這話。你倒說說怎麼放心不放心？』寶玉嘆了一口氣，問道：『你果不明白這話？難道我素日在你身上的心都用錯了？連你的意思若體貼不着，就難怪你天天為我生氣了。』林黛玉道：『果然我不明白放心不放心的話。』寶玉點頭嘆道：『好妹妹，你別哄我。果然不明白這話，不但我素日之意白用了，且連你素日待我之意也都辜負了。蒙側：第二層。你皆因總是不放心的原故，才弄了一身病。但凡寬慰些，這病也不得一日重似一日。』蒙側：真疼真愛、真憐真惜中，每日生出此等心病來。林黛玉聽了這話，如轟雷掣電，細細思之，竟比自己肺腑中掏出來的還覺懇切，竟有萬句言語，滿心要說，祇是半個字也不能吐，卻怔怔的望着他。蒙側：何等神佛開慧眼，照見衆生業障，爲現此錦綉文章，說此上乘功德法。此時寶玉心中也有萬句言詞，一時不知從那一句上說起，卻也怔怔的望着黛玉。兩個人怔了半天，林黛玉祇咳了一聲，兩眼不覺滾下淚來，回身便要走。蒙側：下筆時用一『走』文之大力，孟賁不若也。寶玉忙上前拉住，說道：『好妹妹，且略站住，我說一句話再走。』林黛玉一面拭淚，一面將手推開，說道：『有什麼可說的？你的話我早知道了！』

口裏說着，卻頭也不回，竟去了。

寶玉站着，衹管發起呆來。辰：兒女之情畢露，至此極矣。原來方才出來慌忙，不曾帶得扇子，襲人怕他熱，忙拿了扇子趕來送與他，忽抬頭見了林黛玉和他站着。一時林黛玉走開，他還站着不動，因而趕上來說道：『你也不帶了扇子去，虧我看見，趕了送來。』寶玉出了神，見襲人和他說話，并未看出是何人來，便一把拉住，說道：『好妹妹，我的這心事，從來不敢說，今兒我大膽說出來，死也甘心！我為你也弄了一身的病，這裏又不敢告訴人，衹好掩着。衹等你的病好了，衹怕我的病才得好呢。睡裏夢裏也忘不了你！』襲人聽了這話，唬得魂消魄散，衹叫：『神天菩薩，坑死我了！』便推他道：『這是那裏的話！敢是中了邪？還不快去？』寶玉一時醒過來，方知襲人送扇子來，羞得滿面紫漲，奪了扇子，便忙忙的抽身跑了。

這裏襲人見他去了，自思方才之言，一定是因黛玉而起，如此看來，將來難免不才之事，令人可驚可畏。想到此間，也不覺怔怔的滴下淚來，心下暗度，如何處治，方免此醜禍。正猜疑〔四〕間，忽見寶釵從那邊走來，笑道：『大毒日頭地下，出什麼神呢？』這襲人見問，忙笑道：『那邊兩個雀兒打架，倒也好玩，我就看住了。』寶釵道：『寶兄弟這會子穿了衣服，忙忙的那裏去了？我才看見走過去，倒要叫住問他呢。

他如今說話越發沒了經緯，我故此沒叫他了，由他去罷。』襲人道：『老爺叫他出去。』寶釵聽了，忙道：『哎喲！這麼黃天暑熱的，叫他做什麼！別是想起什麼來生了氣，叫他出去教訓一場。』（蒙側：偏是近。）襲人笑道：『不是這麼，想是有客要會。』寶釵笑道：『這個客也沒意思，這麼熱天，不在家裏涼快，還跑些什麼！』襲人笑道：『倒是你說的是。』

寶釵因而問道：『雲丫頭在你們家做什麼呢？』襲人笑道：『才說了一會子閑話。你瞧，我前兒粘的那雙鞋，明兒叫他做去。』寶釵聽見這話，便兩邊回頭，看無人來往，便笑道：『你這個明白人，怎麼一時半刻的就不會體諒人情。我近來看着雲丫頭的神情，再風裏言風裏語的聽起來，那雲丫頭在家裏竟一點兒作不得主。他們家嫌費用大，竟不用那些針綫上的人，差不多的東西都是他們娘兒們動手。為什麼這幾次他來了，他和我說話兒，見沒人在跟前，他就說家裏累的很。我再問他兩句家常過日子的話，他就連眼圈兒都〔五〕紅了，口裏含含糊糊，待說不說的。想其〔六〕形景來，自然從小兒沒爹娘的苦。我看着他，也不覺的傷起心來。』（蒙側：真是知己，不罔湘雲前言。）襲人見說這話，將手一拍，說：『是了，是了。怪道上月我煩他打十根蝴蝶結子，過了那些日子才打發人送來，還說：「這是粗打的，且在別處噥（辰：葉音。）着使罷；要勻淨的，等明兒來住着，再好生打罷。」如今聽寶姑娘這話，想來我們煩他，他不好推辭，不知他在家裏怎麼三更半夜的做呢。可是我也糊塗了，早知是這樣，我也不煩他了。』寶釵道：『上次他告訴我，在家裏做活計做到三更天，若是替別人做一點半點，他家的那些奶奶、太太們還不受用呢。』襲人道：『偏生我們那個牛心左性的小爺，憑着小的大的活計，一概不要家裏這些活計上的人做。（蒙側：多情的常（原作嘗）有這樣的『牛心左性』之癖。）我又弄不開這些。』寶釵笑道：『你理他呢！衹管叫人做去，衹說是你做的就是了。』襲人道：『那裏哄的信他？他才是認得出來呢。說不得，我衹好慢慢累去罷了。』（蒙側：痴心的情願。）寶釵笑道：『你不必忙，我替你做些如何？』襲人笑道：『當真的這樣，就是我的福了。晚上我親自送過來。』

一句話未了，忽見一個老婆子忙忙走來，說道：『這是那裏說起！金釧兒姑娘好好的投井死了！』襲人唬了一跳，忙問『那個金釧兒？』那老婆子道：『那裏還有兩個金釧兒呢？就是太太屋裏的。前兒不知為什麼攆他出去，在家裏哭天哭地的，也都不理會他，誰知找他不見了。才剛打水的人在那東南角下井裏打水，見一個尸首，趕着叫人打撈起來，誰知是他。他們家裏還衹管亂着要救活，那裏中用了！』寶釵道：『這也奇了。』襲人聽說，點頭贊嘆，想素日同氣之（蒙側：又一哭法。）情，不覺流下泪來。寶釵聽見這話，忙向王夫人處來安慰。這裏襲人回去不提。

卻說寶釵來至王夫人房中，祇見鴉雀無聞，獨有王夫人在裏間房內坐着垂泪。蒙側：又一哭法。寶釵便不好提這事，祇得在旁坐了。王夫人便問：『你從那裏來？』寶釵道：『從園裏來。』王夫人道：『你從園裏來，可見你寶兄弟？』寶釵道：『才倒看見他穿了衣服出去了，不知那裏去。』蒙側：世人多是凡事欲瞞人，偏不意中將要着逗露，理之所無而事則多有，何也？王夫人點頭哭道：『你可知道一樁奇事？金釧兒忽然投井死了！』寶釵見說，道：『怎麼好好的投井？這也奇了。』王夫人道：『原是前兒他把我一件東西弄壞了，我一時生氣，打了他幾下，攆了他下去。祇說氣他兩天，還叫他上來，誰知他這麼氣性大，就投井死了，豈不是我的罪過。』寶釵嘆道：『姨媽是慈善人，固然是這麼想。據我看來，他并不是賭氣投井。多半他下去住着，或是在井跟前憨玩，失了脚掉〔七〕下去的。他在上頭拘束慣了，這一出去，自然要到各處去玩玩逛逛，豈有這樣大氣的理！縱然有這樣大氣，也不過是個糊塗人，也不為可惜。』蒙側：善勸人，大見解，惜乎不知其情，雖精金（原作美）玉之言，不中奈何！王夫人點頭嘆道：『這話雖然如此說，到底我心不安。』寶釵嘆道：『姨媽也不必勞神念念于兹。若十分過不去，不過多賞他幾兩銀子發送他，也就盡主僕情了。』王夫人道：『才剛我賞了他娘五十兩銀子，原要還把你妹妹們的新衣服拿兩套給他妝裹。誰知鳳丫頭說可巧都沒有什麼新做的衣服，衹有你林妹妹做生日的兩套。我想你林妹妹那個孩子素日是個〔八〕有心的，況且他原也三災八難的，既說了給他過生日，這會子又給人去妝裹，豈不忌諱。因為這麼樣，我現叫裁縫趕兩套給他。要是別的丫頭，賞他幾兩銀子也就完了，衹是金釧兒雖然是個丫頭，素日在我跟前比我的女兒也差不多。』口裏說着，不覺流下淚來。寶釵忙道：『姨媽這會子又何用叫裁縫趕去，我前兒倒做了兩套，拿來給他豈不省事？況且他活着的〔九〕時候也穿過我的舊衣服，身量又相對。』王夫人道：『雖然這樣，難道你不忌諱？』寶釵笑道：『姨媽放心，我從來不計較這些。』一面說，一面起身就走。王夫人忙叫了兩個人來跟寶姑娘去。

一時，寶釵取了衣服回來，衹見寶玉在王夫人旁邊坐着垂淚。王夫人正才說他，因寶釵來了，卻掩了口不說了。蒙側：雲龍現影法，可愛煞人！寶釵見此景況，察言觀色，早知覺了八分，于是將衣服交割明白。王夫人將他母親叫來拿了去〔十〕。再聽下回分解。

總評

世上無情空大地，人間少愛景何窮。其中世界其中了，含笑同歸造化功。

襲人、湘雲、黛玉、寶釵等之愛之哭，各具一心，各具一見；而寶玉、黛玉之痴情痴性，行文如繪。真是現身說法，豈三家村老學究之可能夢見者？不禁炷香再拜。

校記

〔一〕此處的『哉』字，原文爲『灾』，據庚辰本改。

〔二〕此處的『好意思』三字，原文爲『不好意思』，據蒙府本改。

〔三〕原文無『是』字，據庚辰本補。

〔四〕此處的『猜疑』二字，原文爲『裁疑』，校者改。

〔五〕原文無『都』字，據己卯本補。

〔六〕原文無『其』字，據蒙府本補。

〔七〕此處的『掉』字，原文爲『吊』，據夢稿本改。

〔八〕原文無『個』字，據庚辰本補。

〔九〕原文無『的』字，據庚辰本補。

〔十〕此處的『拿了去』字，原文爲『拿了去了』，據庚辰本改。

第三十三回 手足耽耽小動唇舌 不肖種種大承笞撻

【回前】富貴公子，侯王應襲，容易在紅粉場中作罪。風流情性，詩賦文詞，偏衹爲鶯花路間留滯。笑嘻嘻，哭啼啼，總是一般情事。

卻說王夫人喚上他母親來，拿幾件簪環當面賞與，又吩咐請幾衆僧人念經超度。他母親磕頭謝了出去。

原來寶玉會過雨村回來聽見了，便知金釧兒含羞賭氣自盡，心中早又五内摧傷，進來被王夫人數落教訓，也無可回說。見寶釵進來，方得便出來，茫然不知何往，背着手，低頭一面感嘆，一面慢慢的走着，信步來至廳上。剛轉過屏門，不想對面來了一人正往裏走，可巧兒撞了個滿懷。衹聽那人喝一聲『站住！』寶玉唬了一跳，抬頭一看，不是別人，卻是他父親，早不覺倒抽了一口氣，衹得垂手在旁站了。賈政道：『好端端的，你垂頭喪氣咳些什麼？方才雨村來了，要見你，叫你那半天才出來；既出來了，全無一點慷慨揮灑談吐，仍是葳葳蕤蕤。我看你臉上一團思欲愁悶氣色，這會子又咳聲嘆氣。你那些還不足，還不自在？無故這樣，卻是為何？』寶玉素日雖然口角伶俐，祇是此時〔二〕一心總為金釧兒感傷，恨不得此時也身亡命殞，跟了金釧兒去。蒙側：真有此情，真有此理。如今見了他父親說這些話，究竟不曾聽見，祇是怔怔的站着。

賈政見他惶悚，應對不似往日，原本無氣的，這一來倒生了三分氣。方欲說話，忽有回事人來回：『忠順親王府裏有人來，要見老爺。』賈政聽了，心下疑惑，暗暗思忖道：『素日并不與忠順府來往，為什麼今日打發人來？』一面想，一面命『快請』，急走出來看時，卻是忠順府長史官，忙接進廳上坐了獻茶。未及叙談，那長史官先就說道：『下官此來，并非擅造潭府，皆因奉王命而來，有一件事相求。看王爺面上，敢煩老大人做主，不但王爺承情，且連下官輩亦感謝不盡。』賈政聽了這話，抓不着頭腦，忙賠笑起身問道：『大人既奉王命而來，不知有何見諭，望大人宣明，學生好遵諭承辦。』那長史官冷笑道：『也不必承辦，祇用大人一句話就完了。我們府裏有一個做小旦的琪官，一向好好在府裏，如今竟三五日不見回去，各處去找，又摸不着他的道路，因此各處察訪。這一城內，十停人倒有八停人都說，他近日和銜玉的那位令郎相與甚厚。下官輩聽了，尊府不比別家，可以擅來索取，因此啟明王爺。王爺亦雲：「若是別的戲子呢，一百個也罷了；衹是這琪官隨機應答，謹慎老成，甚合我老人家的心，竟斷斷少不得此人。」故此求老大人轉諭令郎，請將琪官放回，一則可慰王爺諄諄奉懇，二則下官輩也可免操勞求覓之苦。』說畢，忙打一躬。

賈政聽了這話，又驚又氣，即命喚寶玉來。寶玉也不知是何原故，忙趕來時，賈政便問：『該死的奴才！你在家不讀書也罷了，怎麼又做出這些無法無天的事來！那琪官現是忠順王爺駕前承奉的人，你是何等草芥，無故引逗他出來，如今禍及于我。』寶玉聽了，唬了一跳，忙回道：『實在不知此事。究竟連「琪官」兩個字不知為何物，豈更又加「引逗」二字！』說着便哭了。賈政未及開言，衹見那長史官冷笑道：『公子也不必掩飾。或隱藏在家，或知其下落，早說了出來，我們也少受些辛苦，豈不念公子之德？』寶玉連說不知，『恐是訛傳，也未見得。』那長史官冷笑道：『現有據證，何必還賴？必定當着老大人說了出來，公子豈不吃虧？既雲不知此人，此人那紅汗巾子怎麼到了公子腰裏？』寶玉聽了這話，不覺轟去魂魄，目瞪口呆，心下自思：『這話他如何得知！既連這樣機密事都知道了，大約別的瞞他不過，不如打發他去了，免的再說出別的事來。』因說道：『大人既知他的底細，如何連他置買房舍這樣大事倒不曉得了？聽得說，他如今在東郊離城二十裏有個什麼紫檀堡，他在那裏置了幾畝田地、幾間房舍。想是在那裏也未可知。』那長史官聽了，笑道：『這樣說，一定是在那裏。我且去找一回，若有了，便罷；若沒有，還要來請教。』蒙側：寶玉其人，愛之有餘，豈可撻者？用此等文章逼之，能不使人肝膽憤裂（原作列），以成下文之嚴酷耶？說着，便忙忙的走了。

賈政此時氣的目瞪口歪，一面送出那長史官，一面回頭命寶玉：『不許動！回來有話問你！』一直送那官員去了。才回身，忽見賈環帶着幾個小廝一陣亂跑。賈政喝命小廝：『快打，快打！』賈環見他父親，唬的骨軟筋酥，忙低頭站住。賈政便問道：『你跑什麼？跟着你的那些人都不管你，不知往那裏逛去，由你野馬一般！』喝命叫跟上學的人來。賈環見他父親盛怒，便乘機說道：『方才原不曾跑，祇因從那井邊一過，那井裏淹死了一個丫頭，我看見人頭這樣大，身子這樣粗，泡的實在可怕，所以才趕着跑了過來。』賈政聽了驚疑，問道：『好端端的，誰去跳井？我家從無這樣事情，自祖宗以來，皆是寬柔以待下人。——大約我近年于家務疏懶，自然執事人操克奪之權，致使生〔二〕出這暴殄輕生的禍患。若外人知道，祖宗顏面何在！』喝命快叫賈璉、賴大、來興〔三〕。小廝們答應了一聲，方欲去叫，賈環忙上前拉住賈政袍襟，貼膝跪〔四〕下道：『父親不用生氣。此事除太太房裏的人，別人一點也不知道。我聽見我母親說……』說到這裏，便回頭四顧一看。蒙側：如畫。賈政知意，將眼一看衆小廝，小廝們明白，都往兩邊後面退去。賈環便悄悄說道：『我母親告訴我說，寶玉哥哥前日在太太屋裏，拉着太太的丫頭金釧兒強奸不遂，打了一頓。那金釧兒便賭氣投井死了。』蒙側：再逼下文，有不得不盡情苦（原作若）打之勢。話未說完，把個賈政氣的面如金紙，大喝『快拿寶玉來！』一面說，一面便往書房去，喝命：『今日再有人勸我，我把這冠帶家私一應就交與他與寶玉過去！我免不得做個罪人，把這幾根煩惱鬚毛剃去，尋個幹淨去處是了，也免得上辱先人、下生逆子之罪。』蒙側：一激再激，實文實事。衆門客、僕從見賈政這個形景，便知又是為寶玉了，一個個都是啖指咬舌，連忙退去。那賈政喘吁吁的、直挺挺坐在椅子上，滿面泪痕，蒙側：爲天下父母一哭。一疊聲：『拿寶玉！拿大棍！拿索子捆上！把各門都關上！有人傳信往裏頭去，立刻打死！』衆小廝祇得齊聲答應，有幾個來找寶玉。

那寶玉聽見賈政吩咐他『不許動』，早知凶多吉少，那裏承望賈環又添了許多的話。正在廳上幹轉。怎得個人來往裏頭去捎信，偏生沒個人，連焙茗也不知在那裏。正盼望時，祇見一個老姆姆出來。寶玉如得了珍寶。便趕上來拉他，說道：『快進去告訴：老爺要打我呢！快去，快去！要緊，要緊！』寶玉一則急了，說話不明白；二則老婆子偏生又聾，竟不曾聽見是什麼話，把『要緊』二字祇聽作『跳井』二字，便笑道：『跳井讓他跳去，二爺怕什麼？』寶玉見是個聾子，便着急道：『你出去叫我的小廝來罷。』那婆子道：『有什麼不了的事？老早的完了。太太又賞了衣服，又賞了銀子，怎麼不了事的！』蒙側：寫老婆（原作妓）子愛説無要緊的話（原作説），真如見其人，如聞其聲。

寶玉急的跺腳，正沒抓尋處，衹見賈政的小厮走來，逼着他出去了。賈政一見，眼都紅紫，也不暇問他在外流蕩優伶，表贈私物，在家荒疏學業，淫辱母婢等語，蒙側：了結得靈活。衹喝命：『堵起嘴來，着實打死！』小厮們不敢違拗，衹得將寶玉按在凳上，舉起大板打了十來下。賈政猶嫌打輕了，一腳踢開掌板的，自己奪過來，咬着牙狠命蓋了三四十下。衆門客見打的不像了，忙上前奪勸。賈政那裏肯聽，説道：『你們問問他幹的勾當可饒不可饒！素日皆是你們這些人把他釀壞了，到這步田地還來解勸。明日釀到他弑君殺父，你們才解勸〔五〕不成！』

衆人聽這話不好聽，知道氣急了，忙又退出，衹得覓人進去給信。王夫人不敢先回賈母，衹得忙穿衣出來，也不顧有人沒人，忙忙趕往書房中來，蒙側：爲天下慈母一哭。慌的衆門客、小厮等避之不及。王夫人一進房來，賈政更如火上澆油一般，那板子越發下去的又狠又快。按寶玉的兩個小厮忙鬆了手走開，寶玉早已動彈不得了。賈政還欲打時，早被王夫人抱住板子。賈政道：『罷了，罷了！今日必定要氣死我才罷！』王夫人哭道：

『寶玉雖然該打，老爺也要自重。況且炎天暑日的，老太太身上也不大好，打死寶玉事小，倘或老太太一時不自在了，豈不事大！』蒙側：父母之心，昊天罔極。賈政、王夫人易地則皆然。賈政冷笑道：『倒休提這話。我養了這不肖的孽障，已不孝；教訓他一番，又有衆人護持；不如趁今日益發勒死了，以絕將來之患！』說着，便要繩索來勒死。王夫人連忙抱住哭道：『老爺雖然應當管教兒子，也要看夫妻分上。我如今已將五十歲的人，祇有這個孽障，必定苦苦的以他為法，我也不敢死勸。今日越發要他死，豈不是有意絕我。既要勒死他，快拿繩子來，先勒死我，再勒死他。我們娘兒們不敢含怨，到底在陰司裏得個依靠。』蒙側：使人讀之，聲哽咽而泪雨下。◎未喪母者來細玩，既喪母者來痛哭。說畢，爬在寶玉身上大哭起來。賈政聽了此話，不覺長嘆一聲，向椅子上坐了，泪如雨下。王夫人抱着寶玉，祇見他面白氣弱，底下穿着一條綠紗小衣皆是血漬，禁不住解汗巾看，由臀至脛，或青或紫，或整或破，竟無一點好處，不覺失聲大哭起來：『苦命的兒嚇！』因哭出『苦命兒』來，忽又想起賈珠來，便叫着『賈珠』哭道：『若有你活着，便死一百個我也不管了。』此時裏面的人聞得王夫人出去，那李宮裁、王熙鳳與迎春姊妹早已出來了。王夫人哭着賈珠的名字，蒙側：慈母如畫。別人還可，惟有宮裁禁不住也放聲哭了。賈政聽了，那泪珠更似滾瓜一般滾了下來。

正沒開交處，忽聽丫鬟來說：『老太太來了！』一句話未了，祇聽窗外顫巍巍的聲氣說道：（蒙側：老人家形影活現。）『先打死我，再打死他，豈不幹淨了！』賈政見他母親來了，又急又痛，連忙迎出來，祇見賈母扶着丫頭，喘氣的走來。賈政上前躬身賠笑，說道：『大暑熱天，母親有何生氣，親自走來？有話祇該叫了兒子進去吩咐。』賈母聽說，便止住步喘息一會，厲聲道：（蒙側：大家規模，一絲不亂。）『你原來和我說話！我倒有話吩咐，祇是可憐我一生沒養個好兒子，卻叫我和誰說去！』賈政聽這話不像，忙跪下含淚說道：『為兒教訓兒子，也為的是光宗耀祖。母親這話，我做兒的如何禁得起？』賈母聽說，便啐了一口，說道：『我說了一句話，你就禁不起；你那樣下死手的板子，難道寶玉就禁得起了？（蒙側：偏是有理。）你說教訓兒子是光宗耀祖，當初你父親是怎麼教訓你來！』（蒙側：如此礙犯文字，隨景生情，毫無牽滯。）說着，也不覺滾下淚來。賈政又賠笑道：『母親也不必傷感，皆是做兒的一時性起，從此以後再不打他了。』賈母便冷笑道：『你也不必和我賭氣。你的兒子，我也不該管你打不打。我猜着你也厭煩我們〔六〕娘兒們，不如我們早離了你，大家幹淨！』說着便命人：『看轎馬，我和你太太、寶玉立刻回南京去！』家下人祇得幹答應着。賈母又叫王夫人道：『你也不必哭了。如今寶玉年紀小，你疼他，他將來長大，為官作宰的，也未必想着你是他母親了。你如今倒不要疼他，祇怕將來還少生一口氣呢。』賈政聽說，忙叩頭哭道：『母親如此說，賈政無立足之地。』賈母冷笑道：『你分明使我無立足之地，你反說起你來！衹是我們回去了，你心裏幹淨，看有誰來許你打。』一面說，一面衹命快打點行李車轎回去。賈政苦苦叩求認罪。

賈母一面說話，一面又記挂寶玉，忙進來看時，衹見今日這頓打不比往日，又是心疼，又是生氣，也抱着哭個不了。王夫人與鳳姐等解勸了一會，方漸漸的止住。早有丫鬟媳婦等上來，要攙寶玉，鳳姐便駡道：『糊塗東西，蒙側：能事者自不凡。也不睁開眼瞧瞧！打的這麽個樣兒，還要攙着走！還不快進去把那藤屜子春凳抬出來呢。』衆人聽說連忙進去，果然抬出春凳來，將寶玉抬放凳上，隨着賈母、王夫人等送去，送至賈母房中。

彼時賈政見賈母氣未全消，不敢自便，也跟了進去。看看寶玉，果然打重了。再看看王夫人，『兒』一聲，『肉』一聲：『你替珠兒早死了，留着珠兒，免你父親生氣，我也不白操這半世的心了。這會子你倘或有個好歹，丢下我，叫我靠那一個！』數落一場，又哭『不争氣的兒』。賈政聽了，也就灰心，自悔不該下毒手打到如此地步。蒙側：天下做父兄者教子弟時，亦當留意。先勸賈母，賈母含泪道：『你不出去，還在這裏做什麽！難道于心不足，還要眼看着他死了才去不成！』蒙側：遣之有法。賈政聽說，方退了出去。

此時薛姨媽同寶釵、香菱、襲人、史湘雲也都在這裏。襲人滿心委屈，衹不好十分使出來，見衆人圍着，灌水的灌水，打扇的打扇，自己插不下手去，便越性走出來到二門前，蒙側：各自有各自一番作用。命小廝們找了焙茗來細問：『方才好端端的，為什麼打起來？你也不早來透個信兒！』焙茗急的說：『偏生我不在跟前，打到半中間我才聽見了。忙打聽原故，卻是為琪官同金釧姐姐的事。』襲人道：『老爺怎麼得知的？』焙茗道：『那琪官的事，多半是薛大爺素習吃醋，沒法兒出氣，不知在外頭唆挑了誰來，在老爺跟前下的火。那金釧兒的事是三爺說的，我也是聽見老爺的人說的。』襲人聽了這兩件事都對景，心中也就信了八九分。然後回來，衹見衆人都替寶玉療治。調停完備，賈母命：『好生抬到他房內去。』衆人答應，七手八腳，忙把寶玉送入怡紅院内自己床上卧好。又亂了半日，衆人漸漸散去，襲人方進前來經心伏侍，問他端的。且聽下回分解。

總評

嚴酷其刑以教子，不情中十分用情。牽連不斷以思婢，有恩處一等無恩。嚴父慈母，一般愛子。親優溺婢，總是乖淫。蒙頭花柳，誰解春光。跳出樊籠，一場笑話。

校記

〔一〕原文無『此時』二字，據庚辰本補。

〔二〕原文無『生』字，據庚辰本補。

〔三〕此處的『來興』二字，原文爲『興來』，據庚辰本改。

〔四〕原文無『跪』字，據庚辰本補。

〔五〕此處的『解勸』二字，蒙府本和庚辰本均爲『不勸』。

〔六〕此處的『我們』二字，原文爲『我』，據庚辰本改。

第三十四回　情中情因情感妹妹　錯裏錯以錯勸哥哥

【回前】兩條素帕，一片真心；三首新詩，萬行珠泪。襲卿高見動夫人，薛家兄妹空争氣。自古道：情是苦根苗，慧性靈心的，回頭須早。

話說襲人見賈母、王夫人等去後，便走來寶玉身邊坐下，含泪問他：『怎麼就打到這步田地？』寶玉嘆氣說道：『不過為那些事，問他做什麼！祇是下半截疼的很，你瞧瞧打壞了那裏？』襲人聽說，便輕輕的伸手進去，將中衣褪下。寶玉略動一動，便咬着牙叫『哎喲』，襲人連忙停住手，如此三四次才褪了下來。襲人看時，祇見腿上半段青紫，都有四指闊的僵痕高了起來。襲人咬着牙說道：『我的娘，怎麼下這般的狠手！你但凡聽我一句話，也不得到這步地位。幸而沒動筋骨，倘或打出個殘疾來，可叫人怎麼樣呢！』

正說着，祇聽丫鬟們說：『寶姑娘來了。』襲人聽見，知道穿不及中衣，便拿了一床夾紗被替寶玉蓋了。

衹見寶釵手裏托着一丸藥走進來，蒙側：請問是關心不是關心？向襲人說道：『晚上把這藥用酒研開，替他敷上，把那淤血的熱毒散開，可以就好了。』說畢，遞與襲人，又問道：『這會子可好些？』寶玉一面道謝說『好了』，又讓坐。寶釵見他睜開眼說話，不像先時，心中也寬慰了好些，便點頭嘆道：『早聽人一句話，也不至今日。蒙側：同襲人語。別說老太太、太太心疼，就是我們看着，心裏也疼……』剛說了半句又忙掩住，自悔說的話急速了，不覺紅了臉，低下頭來。蒙側：行雲流水語，微露半含時。寶玉聽得這話如此親切稠密，大有深意，忽見他又掩住不往下說，紅了臉，低下頭衹管弄衣帶，那一種嬌羞怯怯，非可形容得出者，不覺心中大暢，將疼痛早丟在九霄雲外，心中自思：『我不過捱了幾下打，他們一個個就有這些憐惜悲感之態露出，令人可玩可觀，可憐可敬。假若我一時竟遭殃橫死，他們還不知是何等悲感呢！蒙側：得遇知己者，多生此（原無）等痴思痴喜。既是他們這樣，我便一時死了，得他們如此，一生事業縱然(二)盡付東流，亦無足嘆惜，冥冥之中若不怡然自得，亦謂糊塗鬼祟矣。』想着，衹聽寶釵問襲人道：『怎麼好好的動了氣，就打起來了？』襲人便把焙茗的話說了出來。寶玉原來還不知道賈環的話，見襲人說出方才知道。因又拉上薛蟠，惟恐寶釵沉心，忙又止住襲人道：『薛大哥哥從來不這樣的，你們別混猜度。』寶釵聽說，便知寶玉是怕他多心，用話攔襲人，因心中暗暗想道：『打的這個形象，疼還顧不過來，還是這樣細心，怕得罪了人，可見在我們身上也算是用心了。你既這樣用心，何不在外頭大事上做工夫，（蒙側：天下古今英雄，同一感慨！）老爺也歡喜了，也不能吃這樣虧。但你固然怕我沉心，所以攔襲人的話，難道我就不知我的哥哥素日恣心縱欲，毫無防範的那種心性。當日為一個秦鐘，還鬧的天翻地覆，自然如今比先更利害了。』想畢，因笑道：『你們也不必怨這個，怨那個。據我想，到底寶兄弟素日不正，肯和那些人來往，老爺才生氣。就是我哥哥說話不防頭，一時說出寶兄弟來，也不是有心調唆：一則也是本來的實話，二則他原不理論這些防嫌小事。襲姑娘從小兒衹見寶兄弟這麼樣細心的人，（蒙側：心頭口頭，不覺流露。）你何曾見過我那哥哥天不怕、地不怕，心裏有什麼，口裏就說什麼的人。』襲人說出薛蟠來，見寶玉攔他的話，早已明白自己說造次〔二〕了，恐寶釵沒意思，聽寶釵如此說，更覺羞愧無言。寶玉又聽寶釵這番話，一半是堂皇正大，一半是去自己疑心，更覺比先暢快了。方欲說話時，衹見寶釵起身說道：『明兒再來看你，你好生養着罷。方才我拿來的藥交給襲人，晚上敷上，管就好了。』（蒙側：何等關心！）說着，便走出門去。襲人趕着送出院外，說：『姑娘倒費心了。改日寶二爺好了，親自來謝。』寶釵回頭笑道：『有什麼謝處？你衹勸他好生靜養，別胡思亂想的就好了。（蒙側：的確真心！）不必驚動老太太、太太衆人，倘或吹到老爺耳朵裏，雖然彼時不怎麼樣，將來對景，終是要吃虧的。』蒙側：要緊！說着，一面去了。

襲人抽身回來，心內着實感激寶釵。進來見寶玉沉思默默、似睡非睡的模樣，因而退出房外，自去櫛沐。寶玉默默的躺在床上，無奈臀上〔三〕作痛。如針挑刀挖一般，更又熱如火炙，略輾轉時，禁不住『哎喲』之聲。那時天色將晚，因見襲人去了，卻有三兩個丫鬟伺候，此時并無呼喚之事，因說道：『你們且去梳洗，等我叫時再來。』衆人聽了，也都退出。

這裏寶玉昏昏默默，祇見蔣玉菡走了進來，訴說忠順府拿他之事；一時，又見金釧兒進來，哭說為他投井之故。寶玉半夢半醒，都不在意。忽又覺有人推他，恍恍忽忽聽得有人悲泣之聲。寶玉從夢中驚醒，睜眼一看，不是別人，卻是林黛玉。寶玉猶恐是夢，忙又將身子欠起來，向臉上細細一認，祇見他兩個眼睛腫的桃兒一般，滿面泪光，不是黛玉，卻是那個？寶玉還欲看時，怎奈下半截疼痛難禁，支持不住，便『哎喲』一聲，仍舊〔四〕倒下，嘆了一聲，說道：『你又做什麼跑來！雖說太陽落下去，那地上餘熱未散，走兩趟又要受了暑。我雖然捱了打，并不覺疼痛。我這個樣兒，祇裝出來〔五〕哄他們，好在外頭布散與老爺聽，其實是假的。蒙側：有這樣一段話（原作語），方不沒滅顰兒之痛哭眼腫。英雄失足，每每至死不改，皆猶此耳。你不可認真。』

此時林黛玉雖不是嚎啕大哭，然越是這等無聲之泣，氣噎喉堵，更覺利害。聽了寶玉這番話，心中雖有萬句言詞，祇是不能說得，半日，方抽抽噎噎的說道：『你從此可都改了罷！蒙側：心血淋漓，釀成此數字。』寶玉聽說，便長嘆一聲，道：『你放心，別說這樣話。我便為這些人死了，也是情願的！蒙側：文氣斬截（原作節）。況已是活過來了〔六〕。』祇見院外人說：『二奶奶來了。』林黛玉便知是鳳姐來了，連忙立起身，說道：『我從後院子裏去罷，回來再來。』寶玉一把拉住道：『這又奇了，好好的怎麼怕起他來？』林黛玉急的跺腳，悄悄的說道：『你瞧瞧我的眼睛，又該他取笑開心呢。』蒙側：不避嫌疑，不惜聲名，破格牽連，誠爲可嘆，着實可憐。寶玉聽說，趕忙的放了手。黛玉三步兩步轉過床後，出後院而去。鳳姐從前頭已進來了，問寶玉：『可好些了？想什麼吃，叫人往我那裏取去。』接着，薛姨媽又來了。一時賈母又打發了人來。

至掌燈時分，寶玉祇喝了兩口湯，便昏昏沉沉睡去。接着，周瑞媳婦、吳新登〔七〕媳婦、鄭好時媳婦這幾個有年紀常往來的，聽見寶玉捱了打，也都進來。襲人忙迎出來，悄悄的笑道：『嬸嬸們來遲了一步，二爺才睡着了。』蒙側：襲人善詞令，會周旋。說着，一面帶他們到那邊房裏坐了，倒茶與他們〔八〕吃。那幾個媳婦子都悄悄坐了一會，向襲人說：『等二爺醒了，你替我們說罷。』

襲人答應，送他們出去。剛要回來，祇見王夫人使個婆子來，口稱『太太叫一個跟二爺的人呢。』襲人見說，想了一想，便回身悄悄的告訴晴雯、麝月、檀雲、秋紋等說：『太太叫人，你們好生在房裏，我去了就來。』（蒙側：身任其責，不憚勞煩。）說畢，同那婆子一徑〔九〕出了園子，來至上房。王夫人正坐在涼榻上搖着芭蕉扇子，見他來了，說道：『你不管叫個誰來也罷了。你又丟下〔十〕他來了，誰伏侍他呢？』襲人見說，忙賠笑回道：『二爺才睡安穩了，那四五個丫頭如今也會伏侍二爺了，太太請放心。恐怕太太有什麼話吩咐，打發他們來，一時聽不明白，倒耽誤了。』（蒙側：能事，解事，能了事。）王夫人道：『也沒話說，白問問他這會子疼的怎麼樣？』襲人道：『寶姑娘送去的藥，我給二爺敷上了，（蒙側：補足。）比先好些了。先疼的躺不穩，這會子都睡沉了，可見好些了。』王夫人又問：『吃了什麼沒有？』襲人道：『老太太給的一碗湯，喝了兩口，祇嚷幹渴，要吃酸梅湯。我想着酸梅是個收斂的東西，才剛捱了打，又不許叫喊，自然急的那熱毒、熱血未免存在心裏，倘或吃下這個去，結在心裏，再弄出大病來，可怎麼樣？因此我勸了半天才沒吃，（蒙側：能事處。）祇拿那糖腌的玫瑰滷子和了吃，吃了半碗，又嫌吃絮了，不香甜。』王夫人道：『哎喲，你不早來和我說。前兒有人送了兩瓶香露來，原要給他點子的，我怕胡亂糟蹋了，就沒給。既是他嫌那些玫瑰膏子絮煩，把這個拿兩瓶子去。一碗水裏祇用挑一茶匙兒，就香的了不得呢。』說着就喚彩雲來，『把前兒的那幾瓶香露拿了來。』襲人道：『衹拿兩瓶來罷，多了也白糟蹋。等不夠再要，再來取也是一樣。』彩雲聽說，去了半日，果然拿了兩瓶子來，付與襲人。看時，衹見兩個玻璃小瓶，卻有三寸大小，上面螺絲銀蓋，鵝黃箋上寫着『木樨清露』，那一個寫着『玫瑰清露』。襲人笑道：『好金貴東西！這麼個小瓶兒，能有多少？』王夫人道：『那是進上的，你沒看見鵝黃箋子？你好生替他收着，別糟蹋了。』

襲人答應着，方要走時，王夫人又叫：『站着，我想起一句話來問你。』襲人忙又回來。王夫人見房內無人，便問道：『我恍惚聽見寶玉今兒挨打，是環兒在老爺跟前說了什麼話。你可聽見這個了？你要聽見，你告訴我聽聽，我也不吵嚷出來叫人知道是你說的。』襲人道：『我倒沒聽見這話，為二爺霸占着戲子，人家來和老爺要，為這個打的。』王夫人搖頭說道：『也為這個，還有別的原故。』襲人道：『別的原故實在不知道了。我今兒大膽在太太跟前說句不知好歹的話。論理……』說了半截忙又掩住。王夫人道：『你衹管說。』襲人笑道：『太太別生氣，我就說了。』王夫人道：『我有什麼生氣的，你衹管說來。』襲人道：『我們二爺也須得老爺教訓兩頓。若老爺再不管，不知將來做出什麼事來呢！』王夫人一聞此言，便合掌念聲

『阿彌陀佛』，蒙側：能了事處。由不得趕着襲人叫了一聲：『我的兒，虧了你也明白，這話，和我的心一樣。蒙側：襲卿之心，所謂『良人所仰望而終身也』。今若此，能不痛哭流涕（原作泣），以成此語。我何曾不知道管兒子，先時你珠大爺在，我是怎麼樣管他，難道我如今倒不知管兒子了？祇是有個原故：如今我想，我已經快五十歲的人，通共剩了他一個，他又長的單弱，況且老太太寶貝似的，若管緊了他，倘或再有個好歹，或是老太太氣壞了，那時上下不安，豈不壞了，所以就縱壞他。我常常苦着口兒勸一陣，說一陣，氣的罵一陣，哭一陣，彼時他好，過後兒還是不相幹，端的吃了虧才罷了。若打壞了，將來我靠誰呢！』蒙側：變換之句，勉强之言，真體貼盡溺愛之心。說着，由不得滾下泪來。

襲人見王夫人這般悲感，自己也不覺傷了心，陪着落泪。又道：『二爺是太太養的，豈不心疼。便是我們做下人的伏侍一場，大家落個平安，也算是造化了。要這樣起來，連平安都不能了。那一日那一時我不勸二爺？祇是再勸不醒。偏生那些人又肯親近他，也怨不得他這樣，總是我們勸的倒不好了。今兒太太提起這話來，我還記挂着一件事，每要來回太太，討太太個主意。祇是我怕太太心疑，不但我的話白說了，且連葬身之地都沒了。』

王夫人聽了這話內有因，蒙側：打進一層。非有前項如許講究，這一層即爲唐突了。忙問道：『我的兒，你有話祇管說。近來我因聽見衆人背前背後都誇你，我祇說你不過是在寶玉身上留心，或是諸人跟前和氣，這些小意思好，所以將你和老姨娘一體行事。誰知你方才和我說的話全是大道理，正合我的心事。你有什麼祇管說什麼，祇別叫別人知道就是了。』襲人道：『我也沒什麼別的說。我祇想着討太太一個示下，怎麼變個法兒，以後竟還叫二爺搬出園外來住就好了。』王夫人聽了，吃一大驚，忙拉了襲人的手問道：『寶玉難道和誰作怪了不成？』襲人忙回道：『太太別多心，并沒有這話。不過是我的小見識。如今二爺也大了，裏頭姑娘們也大了，況且林姑娘、寶姑娘又是兩姨姑表姊妹，雖說是姊妹們，到底是男女之分，日夜一處起坐不方便，由不得叫人懸心，便是外人看着，也不像蒙側：遠慮近憂，言言字字，真是可人！大家子的事，俗語說的「沒事常說有事」，世上多少無頭腦的事，多半因為無心中做出，有心人看見，當作有心事，反說壞了。祇是預先不防着，斷然不好。二爺素日性格，太太是知道的。他又偏好在我們隊裏鬧，倘或不防，前後錯了一點半點，不論真假，人多口雜，那起小人的嘴有什麼避諱，心順了，說的比菩薩還好；心不順，就貶的連畜牲不如。二爺將來倘或有人說好，不過大家直過；設若叫人哼出一聲「不」字來，我們不用說，粉身碎骨，罪有萬重，都是平常小事，但後來二爺一生的聲名、品行豈不完了？二則太太也難見老爺。俗語又說「君子防未然」，蒙側：襲人愛人以德，竟至如此，字字逼來，不覺令人敬聽。看官自省，切不（原無）可闊略，戒之！不如這會子防避的為是。太太事情多，一時固然想不到。我們想不到則可，既想到了，若不回明太太，罪越重了。近來我為這事日夜懸心，又不好說與人，惟有燈知道罷了。』王夫人聽了這話，如雷轟電掣的一般，正觸了金釧兒之事，心內越發感愛襲人不盡，忙笑道：『我的兒，你竟有這個心胸，想的這樣周全！我何曾不想到這裏，衹是這幾次有事就忘了，你今兒這一番〔十一〕話提醒了我。難為你成全我娘兒兩個名聲體面，真真我竟不知道你這樣好。罷了，你且去罷，我自有道理。（蒙側：溺愛者偏會如此說。）衹是還有一句話：你今日既說了這樣的話，就把他交給你了，好歹留心，保全他，就是保全了我。我自然不辜負你。』

襲人連連答應着去了。回來正值寶玉睡醒，襲人回明香露之事。寶玉喜不自禁，即命調來嘗試，果然絕妙非常。因心下記挂着黛玉，要滿心裏打發人去，衹是怕襲人，便設一法，先使襲人往寶釵那裏去借書。

襲人去了，寶玉便命晴雯來，（前文晴雯放肆，原有把柄所持也。）吩咐道：『你到林姑娘那裏看看他做什麼呢。他要問我，衹說我好了。』晴雯道：『白眉赤眼，做什麼去呢？到底說一句話兒，也像一件事。』寶玉道：『沒有什麼可說。』晴雯道：『若不然，或是送件東西，或是取件東西，不然我去了怎麼搭訕〔十二〕呢？』寶玉想了一想，便伸手拿了兩條手帕子撂與晴雯，笑道：『也罷，就說我叫你送這個給他去。』晴雯道：『這又奇了。

他要這半新不舊的兩條手帕子？他又要惱了，說你打趣他。』寶玉笑道：『你放心，他自然知道。』

晴雯聽了，衹得拿了帕子往瀟湘館來。衹見春纖正在欄杆上晾手帕子，蒙側：送的是手帕，晾的是手帕。妙文！見他進來，忙擺〔十三〕手兒，說：『睡下了。』晴雯走進來，滿屋魆黑，并未點燈，黛玉已睡在床上。問是誰，晴雯忙答道：『晴雯。』黛玉道：『做什麽？』晴雯道：『二爺送手帕子來給姑娘。』黛玉聽了，心中發悶，暗想：『做什麽送手帕子來給我？』因問：『這帕子是誰送他的？必定是上好的，叫他留着送別人罷，我這會不用這個。』晴雯笑道：『不是新的，就是家常舊的。』林黛玉聽見，越發着悶，着實細心搜求，思忖一時，方大悟過來，連忙說：『放下，去罷。』晴雯聽了，衹得放下，抽身回去，一路盤算，不解何意。

這裏林黛玉體貼出手帕子的意思來，不覺神魂馳蕩：寶玉這番苦心，能領這番苦意，又令我可喜；我這番意，不知將來如何，又令我可悲；忽然好好的送兩塊舊手帕子，若不是領我深意，單看了這帕子，又令我可笑；再令人私相傳遞與我，可懼；我自己每每好笑，想來也無味，又令我可愧。如此左思右想，一時五内沸然炙起。黛玉由不得餘意纏綿，命掌燈，也想不起嫌疑避諱等事，便向案上研墨蘸筆，便向那兩塊舊帕上走筆寫道：

其一

眼空蓄淚淚空垂，暗灑閑拋却爲誰？
尺幅鮫綃勞解贈，叫人焉得不傷悲！

其二

拋珠滾玉衹偷潸〔十四〕，鎮日無心鎮日閑；
枕上袖邊難拂拭，任他點點與斑斑。

其三

彩綫難收面上珠，湘江舊迹已模糊；
窗前亦有千竿竹，不識香痕漬也無？

林黛玉還要往下寫時，覺得渾身火熱，面上作燒，走至鏡臺揭起錦袱一照，衹見腮上通紅，自羡壓倒桃花，卻不知病由此萌。一時方上床睡去，猶拿着那帕子思索，不在話下。

卻說襲人來看寶釵，誰知寶釵不在園內，往他母親那裏去了，襲人便空手回來。等至二更，寶釵方回來。原來寶釵素知薛蟠情性，心中已有一半疑是薛蟠調唆了人來告寶玉的，誰知又聽襲人說出來，越發信了。究竟襲人是聽〔十五〕焙茗說的，那焙茗也是私心窺度，一半據實，竟認準是他說的。那薛蟠都因素日有這個名聲，其實這次卻〔十六〕不是他幹的，被人生生的一口咬死是他，有口難分。這日正從外頭吃了酒回來，見過母親，衹見寶釵在這裏，說了幾句閑話，因問：『聽見寶兄弟吃了虧，是為什麼？』薛姨媽正為這個不自在，見他問時，便咬牙道：『不知好歹的冤家，都是你鬧的，你還有臉來問！』薛蟠見說，便怔了，忙問道：『我何嘗鬧什麼？』薛姨媽道：『你還裝憨呢！人人都知道是你說的，還賴呢。』薛蟠道：『人人說我殺了人，也就信了罷？』薛姨媽道：『連你妹妹都知是你說的，難道他也賴你不成？』寶釵忙勸道：『媽和哥哥且別叫喊，消消停停的，就有個青紅皂白了。』因向薛蟠道：『是你說的也罷，不是你說的也罷，事情已過去了，不必較證，倒把小事弄大了。我祇勸你從此以後少在外頭胡鬧，少管別人的事。天天一處大家胡逛，你是個不防頭的人，過後沒事就罷了，倘或有事，不是你幹的，人人都也疑惑是〔十七〕你幹的，不用說別人，我就先疑惑。』薛蟠本是個心直口快的人，一生見不得這樣藏頭露尾的事，又見那寶釵勸他不要逛去，他母親又說他犯舌，寶玉之打是他治的，早已急的亂跳，賭身發誓的分辨。又罵衆人：『誰這樣贓派我？我把那囚攮的牙敲了才罷！分明是為打了寶玉，沒的獻勤兒，拿我來作幌子；難道寶玉是天王？他父親打他一頓，一家子定要鬧幾天。那一回為他不好，姨爹打了他兩下子，過後老太太不知怎麼知道了，說是珍大哥哥治的，好好的叫了去罵了一頓。今兒越發拉上我了！既拉上，我也不怕，越性進去，寶玉打死我，他替我償了命，大家幹淨〔十八〕。』一面嚷，一面抓起一根門閂來就跑。慌的薛姨媽一把拉住，罵道：『作死的孽障，你打誰去？你先打我來！』薛蟠急的眼似銅鈴一般，嚷道：『何苦來！又不叫我去，又好好的賴我。將來寶玉活一日，我擔一日的口舌，不如大家死了清淨。』寶釵忙又上前勸道：『你忍耐些兒罷。媽急的這個樣兒，不說來勸媽，你還反鬧的這樣！別說是媽，便是旁人來勸你，也為你好，倒把你的性子勸上來了。』薛蟠道：『這會子又說這話。都是你說的！』寶釵道：『你祇怨我說，再不怨你顧前不顧後的形景。』薛蟠道：『你祇會怨我顧前不顧後，你怎麼不怨寶玉外頭招風惹草的那個樣子！別說多的，衹拿前兒琪官的事比給你們聽：那琪官，我們見過十來次的，他并未和我說一句親熱話；怎麼前兒他見了，連姓名還不知道，就把汗巾子給他了？難道這也是我說的不成？』薛姨媽和寶釵急的說道：『還提這個！可不是為這個打他呢。可見是你說的了。』薛蟠道：『真真的氣死人了！賴我說的我不惱，我衹為個寶玉鬧的天翻地覆的。』寶釵道：『誰鬧了？你先持刀動杖的鬧起來，倒說別人鬧。』薛蟠見寶釵說的話有理，難以駁正，比母親的話反難回答，因此便要設法拿話堵回他去，就無人敢攔自己的話了；也因正在氣頭上，未曾想話之輕重，便說道：『好妹妹，你不用和我鬧，我早知道你的心了。從先媽和我說，你這「金」要揀有玉的才可正配，你留心了，見寶玉有那勞什骨子，你自然如今行動護着他。』話未說了，把個寶釵氣怔了，拉着薛姨媽哭道：『媽媽你聽，哥哥說的什麼話！』薛蟠見妹妹哭了，便知自己冒撞了，蒙側：插寫薛蟠，不過要補足寶釵告襲人前項之言。便賭氣走到自己房裏安歇不提。

這裏薛姨媽氣的亂顫，一面又勸寶釵道：『你素知那孽障說話沒道理，明兒我叫他給你賠不是。』寶釵滿心委屈氣忿，待要怎樣，又怕他母親不安，少不得含泪別了母親，各自回來，到房裏整哭了一夜。次日早起來，也無心梳洗，胡亂整整，便出來瞧母親。可巧遇見林黛玉獨立在花陰之下，問他那去。薛寶釵因說

『家去』，口裏說着，便衹管走。黛玉見他無精打采的去了，又見眼上有哭泣之狀，大非往日可比，便在後面笑道：『姐姐也自保重些兒。就是哭兩缸眼泪來，也醫不好棒瘡！』蒙側：自己眼腫爲誰？偏是以此笑人。世間人多犯此癥。不知薛寶釵如何答對，且聽下回分解。

總評

人有百折不回之真心，方能成曠世稀有之事業。寶玉意中諸多輻輳，所謂『求仁得仁又何怨』。凡人作臣作子，出入家庭廊廟，能推此心此志，何患忠孝之不全，事業之不立耶？

校記

〔一〕此處的『縱然』二字，原文爲『總然』，據庚辰本改。

〔二〕此處的『造次』二字，原文爲『放恣』，據列藏本改。

〔三〕此處的『臀上』二字，原文爲『豚上』，據列藏本改。

〔四〕此處的『仍舊』二字，原文爲『仍就』，據列藏本改。

〔五〕此處的『裝出來』三字，原文爲『粧出來』校者改。

〔六〕原文無『過』字，據蒙府本補。此『況已是活過來了』句，庚辰本無有。

〔七〕此處的『吴新登』三字，原文爲『吴龍登』，據甲辰本改。

〔八〕原文無『們』字，據庚辰本補。

〔九〕此處的『一径』二字，原文爲『徑』，依庚辰本改。

〔十〕此處的『下』字，原文爲『了』，據庚辰本改。

〔十一〕此處的『一番』二字，原文爲『一翻』，據庚辰本改。

〔十二〕此處的『搭訕』二字，原文爲『搭閃』，據庚辰本改。

〔十三〕此處的『擺』字，原文爲『拍』據庚辰本改。

〔十四〕此處的『潸』字，原文爲『潜』據列藏本改。

〔十五〕原文無『聽』字，據列藏本補。

〔十六〕此處的『却』字，原文爲『都』，據庚辰本改。

〔十七〕此處的『是』，原文爲『若是』，據夢稿本删去『若』字。

〔十八〕此處的『既拉上，我也不怕，越性進去，寶玉打死我，他替我償了命，大家幹净』句，蒙府本與庚辰本均與之有别，爲：『既拉上，我也不怕，越性進去，把寶玉打死，我替他償了命，大家幹净。』

第三十五回　白玉釧親嘗蓮葉羹　黃金鶯巧結梅花絡

【回前】情因相愛反相傷，何事人多不揣量。黛玉徘徊還自苦，蓮羹甘受使兒狂。

話說寶釵分明聽見林黛玉刻薄他，因記挂着母親、哥哥，并不回頭，一徑去了。

這裏林黛玉還自立于花陰之下，遠遠的卻向怡紅院內看着，祇見李宫裁、迎春、探春、惜春并各項人等都向怡紅院内去過之後，一起一起的散盡了，祇不見鳳姐兒來，心裏自己盤算道：『如何他不來瞧寶玉？便是有事纏住了，他必定也是要來打個花胡哨，討老太太和太太的好兒才是。今兒這早晚不來，必有原故。』一面猜疑，一面抬頭再看時，祇見花花簇簇一群人又向怡紅院內來了。定睛看時，祇見賈母搭着鳳姐兒的手，後頭邢夫人、王夫人跟着周姨娘并丫鬟、媳婦等〔一〕人，都進院去了。黛玉看了不覺點頭，想起有父母的人的好處來，早又泪珠滿面。少頃，祇見寶釵、薛姨媽等也進入去了。忽見紫鵑從背後走來，說道：『姑娘吃藥去罷，開水又冷了。』黛玉道：『你到底要怎麽樣？衹是催，我吃不吃，管你什麽相幹！』紫鵑笑道：『咳嗽的才好了些，又不吃藥了。如今雖然是五月裏，天氣熱，到底也還該小心些。蒙側：閨中相憐之情，令人羡慕之至。大清早起，在這個潮濕地方站了半日，也該回去歇息歇息了。』一句話提醒了黛玉，方覺得有點腿酸，呆了半日，方慢慢的扶着紫鵑，回瀟湘館來。

一進院門，衹見滿地下竹影參差，苔痕濃淡，不覺又想起《西廂記》中所雲『幽僻處可有人行，點蒼苔白露冷冷』二句來，因暗暗的嘆道：『雙文，雙文，誠為命薄人矣。然你雖命薄，尚有孀母弱弟；今日林黛玉之命薄，一并連孀母弱弟俱無。古人雲「佳人命薄」，然我又非佳人，何命薄勝于雙文哉！』一面想，一面衹管走，不防廊上的鸚哥見林黛玉來了，『嘎』的一聲撲了下來，倒唬了一跳，因説道：『作死的，又扇了我一頭的灰。』那鸚哥仍飛上架去，便叫：『雪雁，快掀簾子，姑娘來了。』黛玉便止住步，以手扣架道：『添了食水不曾？』那鸚哥便長嘆一聲，竟大似林黛玉素日吁嗟音韵，接着念道：『儂今葬花人笑痴，他年葬儂知是誰？試看春盡花漸落，便是紅顔老死時。一朝春盡紅顔老，花落人亡兩不知！』黛玉、紫鵑聽了都笑起來。蒙側：哭成的句子（原作字），到今日聽了，竟作一場笑話。紫鵑笑道：『這都是素日姑娘念的，難為他怎麽記了。』黛玉便命將架子摘下來〔二〕，另挂在月洞窗外的鈎上，于是進了屋子，在月洞窗内坐了。吃畢藥，衹見窗外竹影映入紗來，滿屋内陰陰翠潤，幾簟生涼。黛玉無可釋悶，便隔着紗窗調逗鸚哥作戲，又將素日所喜的詩詞也教與他念。這且不在話下。

且說薛寶釵來至家中，衹見母親正自梳頭呢。一見他來了，便說道：『你大清早起跑來做什麼？』寶釵道：『我瞧瞧媽身上好不好。昨兒我去了，不〔三〕知道他又過來鬧了沒有？』一面說，一面在他母親身旁坐了，由不得哭將起來。薛姨媽見他一哭，自己撑不住，也就哭了一場，一面又勸他：『我的兒，你别說話了，你等我處分那孽障。你要有個好歹，我指望那一個來！』薛蟠在外聽見，連忙跑了進來，對着寶釵，左一個揖，右一個揖，衹說：『好妹妹，恕我這次罷！原是我昨兒吃了酒，回來的晚了，路上撞磕着了，來家未醒，不知胡說了什麼，連自己也不知道，怨不得你生氣。』寶釵原是掩面哭的，聽如此說，由不得又好笑了，遂低頭向地下啐了一口，說道：『你不用做這些像生兒。我知道你的心裏多嫌我們娘兒兩個，你是變着法兒叫我們離了你，就心静了。』薛蟠聽說，連忙笑道：『妹妹這話從那裏說起來的？這樣我連立足之地都沒了。妹妹從來不是這樣多心、說歪話的人。』薛姨媽忙又接着道：『你衹會聽你妹妹的歪話，難道昨兒晚上你說的那話就該的不成？當真是你發昏了！』薛蟠道：『媽也不必生氣，妹妹也不用煩惱，從今以後，我再不同他們一處吃酒閑逛如何？』蒙側：親生兄妹，形景逼真貼切。寶釵笑道：『這不明白過來了！』薛姨媽道：『你要有這個恆心，那龍也下蛋了。』薛蟠道：『我若再和他們一處逛，妹妹聽見了衹管啐我，再叫我畜生，不是人，如何？何苦來，為我一個人，娘兒兩個天天操心！媽為我生氣還有可恕，若衹管叫妹妹為我操心，我更不是人了。如今父親沒了，我不能孝順媽，多疼妹妹，反教娘生氣，妹妹煩惱，真連個畜生也不如了。』口裏談，眼睛裏禁不起也滾下泪來。蒙側：又是一樣哭法，不過是情之所至。薛姨媽本不哭了，聽他一說，又勾起傷心來。寶釵強笑道：『你鬧夠了，這會子又招着媽哭起來了。』薛蟠聽說，忙收了泪，笑道：『何曾招媽哭來！罷，罷！且丢下這個別提了。叫香菱來倒茶妹妹吃。』寶釵道：『我也不吃茶，等媽媽洗了手，我們就過去了。』薛蟠道：『妹妹的項圈我瞧瞧，衹怕該炸炸去了。』寶釵道：『黃澄澄的〔四〕又炸他做什麼？』薛蟠又道：『妹妹如今也該添補些衣裳，要什麼顏色花樣，告訴我。』寶釵道：『連那些衣服我還沒穿遍了，又做什麼？』蒙側：一寫骨肉悔過之情，一寫本等貞靜之女。一時薛姨媽換了衣裳，拉着寶釵進去，薛蟠方出去了。

這裏薛姨媽和寶釵進園來瞧寶玉，到了怡紅院中，衹見抱廈裏外回廊上許多丫鬟、老婆站着，便知賈母等都在這裏。母女兩個進來，大家見過了，祇見寶玉躺在〔五〕榻上。薛姨媽問他可好些，寶玉忙欲欠身，口裏答應着『好些』，又說：『祇管驚動姨媽、姐姐，我禁不起。』薛姨媽忙扶他睡下，又問他：『想什麼，祇管告訴我。』寶玉笑道：『我想起來，自然和姨媽要去的。』王夫人又問：『你想什麼吃？回來好給你送來的。』寶玉笑道：『也倒不想什麼吃，倒是那一回做的小荷葉兒蓮蓬兒的湯還好。』鳳姐在旁笑道：『聽聽，口味不算高貴，祇是太磨牙了。巴巴的想這個吃了。』賈母便一疊連聲的叫人做去。鳳姐笑道：『老祖宗別急，等我想一想這模子誰收着呢。』因回頭吩咐個婆子去問管廚房的要去。那婆子去了半天，來回說：『管廚房的說，四副湯模子都交上來了。』鳳姐兒聽說，想了一想，道：『我記得交給誰了，多半在茶房裏。』一面又遣人去問管茶房的，也不曾收。次後還是管金銀器皿的送了來。薛姨媽先接過來瞧時，原來是個小匣子，裏面裝着四副銀模子，都有一尺多長，一寸見方，上面鑿着有豆子大小，也有菊花的，也有梅花的，也有蓮花的，也有菱角的，共有三四十樣，打的十分精巧。因笑向賈母、王夫人道：『你們府上都想絕了，吃碗湯還有這些樣子。若不說出來，我見這個也不認得這是作〔六〕什麼用的……』鳳姐兒不等人說完，便笑道：『姨媽〔七〕那裏曉得，這是舊年備膳，他們想的法兒。不知弄些什麼面印出來，借點新荷葉的清香，全仗着好湯，究竟沒意思，誰家常吃他了。那一回呈樣的做了一回，他今日怎麼想起來了。』說着接了過來，遞與個婦人，吩咐廚房裏立刻拿幾只鷄，另外添了東西，做出十來碗湯來。王夫人道：『要這些怎麼？』鳳姐笑道：『有個原故：這一宗東西家常不大做，今兒寶兒弟提起來了，單做給他吃，老太太、姨太太都不吃，似乎不大好。不如借勢兒弄些大家吃，托賴着連我也上個俊兒。』賈母聽了，笑道：『猴兒，把你乖的！拿着官中的錢你做人。』說的大家笑了。鳳姐也忙笑道：『這不相幹。這個小東道我還孝敬的起。』便回頭吩咐婦人，『說給廚房裏，衹管好生添補着做了，在我的帳上領銀子。』婦人答應着去了。

寶釵在旁笑道：『我來了這麼幾年，留神看起來，鳳丫頭憑他怎麼巧，再巧不過老太太去。』賈母聽說，便答道：『我如今老了，那裏還巧什麼。當日我像鳳哥兒這麼大年紀，比他還來得呢。他如今〔八〕雖說不如我們，也就算好了，比你姨媽強遠了。你姨媽可憐見的，不大說話，和木頭似的，在公婆跟前就不大顯好。鳳姐兒嘴乖，怎麼怨人疼他？』寶玉笑道：『若這麼說，不大說話的就不疼了？』賈母道：『不說話的又有不說話的可疼之處，嘴乖的也有一宗可嫌的，倒不如不說的好。』寶玉笑道：『這就是了。我說大嫂子倒不大說話呢，老太太也是和鳳姐姐一樣看待。若是單是衹會說話可疼，這些姊妹裏頭也衹鳳姐姐和林妹妹可疼了。』賈母道：『提起姊妹，不是我當着姨太太的面奉承，幹真萬真，從我們家四個女孩兒算起，都不及寶丫頭。』薛姨媽聽説，笑道：『這話老太太是説偏了。』王夫人忙又笑道：『老太太時常背地裏和我説寶丫頭好，這倒不是假話。』寶玉勾着賈母原為贊林黛玉的，不想贊起寶釵來，倒也意出望外，便看着寶釵一笑；寶釵早扭過頭去和襲人説話去了。

忽有人來請吃飯，賈母立起身來，命寶玉好生養着，又把丫頭們囑咐了一回，方扶鳳姐兒，讓着薛姨媽，大家出房去了。因問湯好了不曾，又問薛姨媽等：『想什麼吃，衹管告訴我，我有本事叫鳳丫頭弄了來咱們吃。』薛姨媽笑道：『老太太也會慪他的。時常他弄了東西孝敬，究竟又吃不了多少。』鳳姐兒笑道：『姨媽倒別這樣説。我們老祖宗衹是嫌人肉酸，不然，早已把我還吃了呢。』一句話沒説了，連賈母、衆人都哈哈的笑起來。

寶玉在房裏也撐不住笑了。襲人笑道：『真真的二奶奶的這張嘴怕死人！』寶玉伸手拉襲人笑道：『你站了半日，可乏了？』一面説，一面拉他身旁坐下。襲人笑道：『可是又忘了。趁寶姑娘在院子裏，你和他説，煩他們鶯兒來打上那幾根絡子。』寶玉笑道：『虧你提起來。』説着，便仰頭向窗外道：『寶姐姐，吃過飯叫鶯兒來，煩他打幾根絡子，可得閑兒？』寶釵聽見，回頭道：『怎麼不得閑兒，一會叫他來就是了。』賈母等尚未聽真，都止步問寶釵。寶釵說明了，大家乃明白。賈母又說道：『好孩子，叫他來替你兄弟作幾根。你要人使，我那裏閑着的丫頭多呢，你喜歡誰，祇管叫他來使喚。』薛姨媽、寶釵等都笑道：『祇管叫他來作就是了，有什麽使喚的去處？他天天也是閑着淘氣。』

大家說着，往前正走，忽見史湘雲、平兒、香菱等在山石邊掐鳳仙花呢，見了他們走來，都迎上來了。少頃，出了園中，王夫人恐賈母乏了，便欲讓至上房内坐。賈母也覺腿酸，便點頭依允。王夫人便命丫頭忙先去鋪設座位。那時趙姨娘推病，祇有周姨娘與衆婆娘、丫頭們忙着打簾子，立靠背，鋪褥子。賈母扶着鳳姐兒進來，與薛姨媽分賓主坐了。薛寶釵、史湘雲坐在下面。王夫人親捧了茶奉與賈母，李宫裁奉與薛姨媽。賈母向王夫人道：『讓他們小妯娌伏侍，你在那裏坐了，好說話兒。』王夫人方向一張小杌子上坐下，便吩咐鳳姐兒道：『老太太飯在這裏放，添了東西來。』鳳姐答應出去，便命人往賈母那邊去告訴，那邊的婆娘快往外傳了，并丫頭們快都趕過來。王夫人又命：『請姑娘們去。』請了半天，祇見探春、惜春兩個來了；迎春身上不耐煩，不吃飯；林黛玉自不消說，平素十頓飯祇好吃五頓，衆人也不着意了。少頃飯至，衆人調放了桌子。鳳姐用手巾裹着一把牙箸站在地下，笑道：『老祖宗和姑媽不用讓了，還聽我說就是了。』賈母笑向薛姨媽道：『我們就是這樣。』薛姨媽笑着應了。于是鳳姐放了四雙：上面兩雙是賈母、薛姨媽，兩邊是薛寶釵、史湘雲的。王夫人、李宫裁等都站在地下看着放菜。鳳姐先忙着要幹淨家伙來，替寶玉揀菜。蒙側：家庭之間，亦復如此。

少頃，荷葉湯來，賈母看過了。王夫人回頭見玉釧兒在那邊，便命玉釧兒與寶玉送去。鳳姐道：『他一個人拿不去。』可巧鶯兒和喜兒都來了。寶釵知道他們已吃了飯，便向鶯兒道：『寶兄弟正叫你去打絡子，你們兩個一同去罷。』鶯兒答應，同着玉釧兒出來。鶯兒道：『這麼遠，怪熱的，怎麼端了去？』玉釧笑道：『你放心，我自有道理。』說着，便命一個婆子來，將湯飯等類放在一個捧盒裏，命他端了跟着，蒙側：大家氣象。他兩個卻空着手走。一直到了怡紅院門口，玉釧兒方接了過來，同鶯兒進入寶玉房中。襲人、麝月、秋紋三個人正和寶玉玩笑呢，見他兩個來了，都忙起來，笑道：『你兩個來的怎麼碰巧，一齊來了！』一面說，一面接了下來。玉釧兒便向一椅子上坐了，鶯兒不敢坐下。蒙側：兩人不一樣寫，真是各進其文于後。襲人便忙端了個腳踏來，鶯兒還不敢坐。蒙側：寶卿之婢，自應與衆不同。寶玉見鶯兒來了，卻倒十分歡喜；忽見了玉釧兒，便想起他姐姐金釧兒來了，又是傷心，又是慚愧，便把鶯兒丟下，且和玉釧兒說話。襲人見把鶯兒不理，恐鶯兒沒好意思的，（蒙側：能事者。）又見鶯兒不肯坐，便拉了鶯兒出來，到那邊房裏去吃茶說話兒去了。

這裏麝月等預備了碗箸來伺候吃飯。寶玉衹是不吃，問玉釧兒道：『你母親身子好？』玉釧兒滿臉怒色，正眼也不看寶玉，半日，方說了一個『好』字。寶玉便覺沒趣，半日，衹得又賠笑問道：（蒙側：何等涵（原作幽）度！）『誰叫你替我送來的？』玉釧兒道：『不過是奶奶、太太們！』寶玉見他還是哭喪着臉，便知他是為金釧兒的原故；待要虛心下氣磨轉〔九〕他，又見人多，不好下氣的，因而使盡方法，將人都支出去，（蒙側：金釧兒如若有知，該（原作敢）何等感激！）然後又賠笑問長問短。那玉釧兒先雖不悅，衹管見寶玉一些性氣沒有，憑他怎麼喪謗，還是溫存和氣，自己倒不好意思的了，臉上方有三分喜色。（蒙側：我看到此處，也着實不過意。）寶玉便笑求他：『好姐姐，你把湯拿了來我嘗嘗。』玉釧兒道：『我從來不會喂人東西，等他們來了再吃。』寶玉笑道：『我不是要你喂我。我因為走不動，你遞過來嘗了，你好趕早回去交代了，你好吃飯的。我衹管耽誤時候，你豈不餓壞了？你要懶怠〔十〕動，我少不了忍着疼下去取來。』說着便要下床來，扎掙起來，禁不住『哎喲』之聲。玉釧兒見他這般，忍不住起身說道：『躺下罷！那世裏造了孽的，這會子現世現報，教我那一個眼睛看的上！』一面說，一面『哧』的一聲又笑了，蒙側：偏于此間寫此不情之態，以表白多情之苦。端過湯來。寶玉笑道：『好姐姐，你要生氣祇管在這裏生罷，見了老太太、太太可放和氣些，若還這樣，你就又要（十二）挨罵了。』玉釧兒道：『吃罷，吃罷！不用和我甜嘴蜜舌的，我可不信這樣話！』說着，催寶玉喝了兩口湯。寶玉故意說：『不好吃，不吃了。』玉釧兒道：『阿彌陀佛！這還不好吃，什麼好吃？』寶玉道：『一點味兒也沒有，你不信，嘗一嘗就知道了。』玉釧兒果真賭氣嘗一嘗。寶玉笑道：『這可好吃了。』玉釧兒聽說，方解過意來，原是寶玉哄他吃一口，便說道：『你既說不好吃，這會子說好吃也不給你吃了。』寶玉祇管賠笑央求要吃，玉釧兒又不給他，蒙側：寫盡多情人無限委屈柔腸。一面又叫人。

打發吃飯的丫頭們方進來時，忽有人來回話：『傅二爺家的兩個媽媽來請安，來見二爺。』寶玉聽說，便知是通判傅試家的媽媽來了。那傅試原是賈政的門生，年來都賴賈家的名勢得意，賈政也着實看待，故與別個門生不同，他那裏常遣人來走動。寶玉素習厭勇男蠢婦的，今日卻如何又命這兩個婆子過來？其中原來有個原故：祇因那寶玉聞得傅試有個妹子，名喚傅秋芳，也是個瓊閨秀玉，聽人傳說才貌俱全，雖目未親睹，然遐思遙愛之心十分誠敬，不命他們進來，恐薄了傅秋芳，痴想。因此連忙命讓進來。那傅試原是暴發的，因傅秋芳有幾分姿色，聰明過人，那傅試安心仗着妹妹要與豪門貴族結姻，不肯輕意許人，所以耽誤到如今。目今傅秋芳已二十三歲，尚未許人。爭奈那些豪門貴族又嫌他窮酸，根基淺薄，不肯求配。蒙側：大抵諸色非情不生，非情不合，情之表見于愛，愛衆則心無定象，心不定則諸幻叢生，諸魔蜂起，則汲汲乎流于無情。此寶玉之多情而不情之案，凡我同人其留意。那傅試與賈家親密，也自有一段心事。今日遣來的兩個婆子偏生是極無知識的，聞得寶玉要見，進來衹剛問了好，說了沒二句話。那玉釧兒見生人來，也不和寶玉厮鬧了，手裏端着湯衹顧聽話。寶玉又衹顧和婆子說話，一面吃飯，一面伸手去要湯。兩個人的眼睛都看着人，不想伸猛了手，便將碗撞落，將湯潑了寶玉手上。玉釧兒倒不曾燙着，唬了一跳，忙笑了，『這是怎麼說！』慌的丫頭們忙上來接碗。寶玉自己燙了手倒不覺的，卻衹管問玉釧兒：『燙了那裏了？疼不疼？』玉釧兒和衆人都笑了。蒙側：多情人每于苦惱時不自覺，反説彼家苦惱，愛之至、惜之深之故也。玉釧兒道：『你自己燙了，衹管問我。』寶玉聽說，方覺自己燙了。衆人上來連忙收拾。寶玉也不吃飯了，洗手，吃茶，又和那兩個婆子說了兩句話。然後兩個婆子告辭出去，晴雯等送至橋邊方回。

那兩個婆子見沒人了，一行走，一行談論。這一個笑道：『怪道有人說他們家寶玉是外像好，裏頭糊塗，中看不中吃的，果然竟有些呆氣。他自己燙了手，倒問人疼不疼，這可不是個呆子？』那一個又笑道：『我前一回來，聽見他談論，家裏許多人抱怨，千真萬真的有些呆氣。大雨淋的水鷄似的，他反告訴別人「下雨了，快避雨去罷。」你說可笑不可笑？時常沒人在跟前，就自哭自笑的；看見燕子，就和燕子說話；河裏看見了魚，就和魚說話；見了星與月亮，不是長吁短嘆，就是咕咕噥噥的。且連一點剛性也沒有，連那些毛丫頭的氣都受的。愛惜東西，連個綫頭兒都是好的；糟蹋起來，那怕值千值萬的，都不管了。』蒙側：如人飲水，冷暖自知，其中深意味，豈能持告君？

兩個人一面說，一面走出園來，辭別諸人回去，不在話下。寶玉之為人，非此一論，亦描寫不盡；寶玉之不肖，非此一鄙，亦形容不到。試問作者：是醜寶玉乎，是贊寶玉乎？試問觀者：是喜寶玉乎，是嫌寶玉乎？

如今且說襲人見人去了，便攜了鶯兒過來，問寶玉打什麼絡子。寶玉笑着向鶯兒道：『才祇顧說話，忘了你。煩你來不為別的，也替我打幾根絡子。』鶯兒道：『裝什麼的絡子？』寶玉見問，便笑道：『不管裝什麼的，你都每樣打幾個罷。』鶯兒拍手笑道：『這還了得！要這樣，十年也打不完了。』寶玉笑道：『好姐姐，你閑着也沒事，都替我打了罷。』蒙側：富家子弟每多有如是語，祇不自覺耳。襲人笑道：『那裏一時都打得完，如今且揀要緊的打兩個罷。』鶯兒道：『什麼要緊，不過是扇子、香墜兒、汗巾子。』寶玉道：『汗巾子就好（十二）。』鶯兒道：『什麼顏色呢？』寶玉道：『大紅的。』鶯兒道：『大紅的須是黑絡子才好看呢，或是石青的顏色。』

寶玉道：『鬆花色配什麼？』鶯兒道：『鬆花配桃紅。』寶玉笑道：『這才嬌艷。再要雅淡之中帶些嬌艷。』鶯兒道：『葱綠柳黃是我最愛的。〔十三〕』寶玉道：『也罷了，也打一條桃紅，再打一條葱綠。』鶯兒道：『什麼花樣呢？』寶玉道：『共有幾樣花樣？』鶯兒道：『一炷香、朝天凳、象眼塊、方勝、連環、梅花、柳絮。』寶玉道：『前兒你替三姑娘打的那花樣是什麼？』鶯兒道：『那是攢心梅花。』寶玉道：『就是那樣好。』一面說，一面襲人剛拿了綫〔十四〕來，窗外婆子說：『姑娘們的飯都有了。』寶玉道：『你們吃飯去，快吃了來罷。』襲人笑道：『有客在這裏，我們怎好去的！』蒙側：人情物理，一絲不亂。鶯兒一面理綫，一面笑道：『這話又打那裏說起，正經快吃了來罷。』襲人等聽說方去了，留下兩個小丫頭聽呼喚。

寶玉一面看鶯兒打絡子，一面說閑話，因問他『十幾歲了？』鶯兒手裏打着，一面答話說：『十六歲了。』寶玉道：『本姓什麼？』鶯兒道：『姓黃。』寶玉笑道：『這個名姓倒對了，果然是個黃鶯兒。』鶯兒笑道：『我的名字本來是兩個字，呼作金鶯。姑娘嫌〔十五〕拗口，就單叫鶯兒。如今就叫開了。』寶玉道：『寶姐姐也算疼你了。明兒寶姐姐出閣，少不得是你跟去了。』鶯兒抿嘴一笑。寶玉笑道：『我常常和襲人說，明兒不知那一個有福的消受你們主子、奴才兩個呢。』蒙側：是有心，是無心。鶯兒笑道：『你還不知道我們姑娘有幾樣世人都沒有的好處呢，模樣兒還在次。』寶玉見鶯兒嬌憨婉轉，語笑如痴，早不勝其情了，那禁又提起寶釵來！便問他道：『好處在那裏？好姐姐，細細告訴我聽。』鶯兒笑道：『我告訴你，你可不許告訴他去。』蒙側：閨房閑話，着實幽韵。寶玉笑道：『這個自然的。』正說着，祇聽外頭說道：『怎麼這樣靜悄悄的！』二人回頭看時，不是別人，正是寶釵來了。寶玉忙讓坐。寶釵坐了，因問鶯兒『打什麼呢？』一面問，一面向他手裏去瞧，才打了半截。寶釵笑道：『這有什麼趣兒，倒不如打個絡子把玉絡上呢。』一句話提醒了寶玉，便拍手笑道：『倒是姐姐說得是，我就忘了。祇是配個什麼顏色才好？』寶釵道：『若用雜色斷然使不得，大紅又犯了色，黃的又不起眼，黑的又過暗。等我想個法兒：把那金綫拿來，配着黑珠兒綫，一根一根的拈上，打成絡子，這才好看。』寶玉聽說，喜之不盡，一叠聲便叫襲人來取金綫。

正值襲人端了兩碗菜走進來，告訴寶玉道：『今兒奇怪，才剛太太打發人替我送了兩碗菜來。』寶玉笑道：『必定是今兒菜送來給你們大家吃的。』襲人道：『不是，指名給我送來，還不叫我過去磕頭。這可是奇了。』寶釵笑道：『給你的，就吃去，這有什麼猜疑的？』襲人笑道：『從來沒有的事，叫我不好意思的。』寶釵抿嘴一笑，說道：『這就不好意思了？明兒還有比這個更叫你不好意思的呢。』蒙側：寶釵（原作寶玉）之慧性靈心。

襲人聽了話內有因，素知寶釵不是輕嘴薄舌、奚落人的，自己方想起上日王夫人的意思來，便不再提，將菜與寶玉看了，說：『洗了手來拿綫。』說畢，便一直出去了。吃過飯，洗了手，進來拿金綫與鶯兒打絡子。此時寶釵早被薛蟠遣人來請出去了。

這裏寶玉正看着打絡子，忽見邢夫人那邊遣了兩個丫鬟送了兩樣果子來與他吃，問他：『可走得了？若走得動，叫哥兒明兒過去散散心，太太着實記挂着呢。』寶玉忙答道：『若走得了，必請太太的安去。疼的比先好些，請太太放心罷。』一面叫他兩個坐下，一面又叫秋紋來，把才剛那果子拿一半送與林姑娘去。秋紋答應了，剛欲去時，祇聽黛玉在院內說話，寶玉忙叫：『快請！』要知端的，且聽下回分解。

總評

此回是以情說法，警醒世人。黛玉因情凝思默度，忘其有身，忘其有病；而寶玉千屈萬折，因情忘其尊卑，忘其痛苦，并忘其性情。愛河之深無底，何可泛濫，一溺其中，非死不止。且泛愛者不專，新舊叠增，豈能盡了？其多情之心不能不流于無情之地。究其立意，倏忽千裏而自不覺，誠可悲夫！

校記

〔一〕原文無『等』字，據庚辰本補。
〔二〕此處的『黛玉便命將架子摘下來』句，原文爲『黛玉便命將架摘來』，據庚辰本補『子』和『下』二字。
〔三〕原文無『不』字，據庚辰本補。
〔四〕此處的『黄澄澄的』數字，原文爲『黄燈燈』，據庚辰本改。
〔五〕此處的『躺在』二字，原文爲『淌在』，據夢稿本改。
〔六〕原文無『作』字，據蒙府本補。
〔七〕此處的『姨媽』，以及後文中的『姨媽』、『姨太太』，蒙府本與此同，庚辰本中的這些詞均爲『姑媽』。
〔八〕此處的『如今』二字，原文爲『今』，據蒙府本補一『如』字。
〔九〕此處的『磨轉』二字，原文爲『摸轉』，校者改。
〔十〕此處的『懶怠』二字，原文爲『懶怠帶』，校者删『帶』字。
〔十一〕原文無『要』字，據庚辰本補。
〔十二〕原文無『「什麽要緊，不過是扇子、香墜兒、汗巾子。」寶玉道：「汗巾子就好。」』句，據庚辰本補。

〔十三〕原文無『寶玉笑道：「這才嬌艷。再要雅淡之中帶些嬌艷。」鶯兒道：「葱緑柳黄是我最愛的。」』句，據庚辰本補。
〔十四〕原文無『綫』字，據蒙府本補。
〔十五〕原文無『嫌』字，據蒙府本補。

第三十六回

繡鴛鴦夢兆絳芸軒　識分定情悟梨香院

【回前】造物何嘗做主張，任人禀受福修長。劃薔亦自非容易，解得臣忠子也良。

話說賈母自王夫人處回來，見寶玉一日好似一日，心中自是歡喜。因怕將來賈政又叫他，遂命人將賈政的親隨小廝頭兒喚來，吩咐他以後倘有會人待客諸樣的事，你老爺要叫寶玉，你不用上來傳話，就回他說我說了：一則打重了，得着實將養幾個月才走得；二則他的星宿不利，祭了星，不見外人，過了八月才許出二門。』那小廝頭兒聽了，領命而去。賈母又命李嬷嬷、襲人等來，將此話說與寶玉，使他放心。那寶玉本就懶與士大夫諸男人接談，又最厭峨冠禮服賀吊往還等事，今日得了這句話，越發得了意，不但親戚朋友一概杜絕了，而且連家庭中晨昏定省益發都隨他的便了，日日衹在園中游卧，不過每日一清早到賈母、王夫人處走走就回來了，卻每每甘心為諸丫鬟充役，竟也得十分閑消日月。或如寶釵輩常見機導勸，反生起氣來，衹說：『好好的一個清淨潔白女兒，也學的沽名釣譽，入了國賊祿兒之流。這總是前人無故生事，立言豎辭，原為導後世的〔一〕須眉濁物。不想我生不幸，亦且瓊閨綉閣中亦染此風，真真有負天地鐘靈毓秀之德！』因此禍延古人，除《四書》外，竟將別的書焚了。蒙側：寶玉何等心思，作者何等意見，此文何等筆墨！眾人見他如此瘋顛，也都不向他說這些正經話了。獨有林黛玉自幼不曾勸他去『立身揚名』等話，所以深敬黛玉。

閑言少述。如今且說王鳳姐自見金釧死後，忽見幾家僕人常來孝敬他些東西，蒙側：為當途（原作塗）人一笑。又不時的來請安奉承，自己倒生了疑惑，不知何意。這日又見人來孝敬他東西，因晚間無人時笑問平兒道：『這幾家人不大管我的事，為什麼忽然這麼和我貼近？』平兒笑道：『奶奶連這個都想不起來了？我猜他們的女兒都必是太太房裏的丫頭，如今太太房裏有四個大的，一個月一兩銀子的分例，下剩的都是一個月幾百錢。如今金釧兒死了，必定他們要弄這一兩銀子的巧宗兒呢。』鳳姐聽了，笑道：『是了，是了，倒是你提醒了我，看這些人也太不知足〔二〕，錢也賺夠了，苦事情又侵不着，弄個丫頭搪塞着身子也就罷了，又還想這個。』也罷了，他們幾家的錢容易也不能花到我跟前，這是他們自尋的，送什麼來，我就收什麼，橫豎我有主意。』鳳姐兒安下這個心，所以祇管遷延着，蒙側：確見高論，而其心思則不可問矣。任事者戒之！等那些人把東西送足了，然後趁空方回王夫人。

這日午刻，薛姨媽母女兩個與林黛玉等正在王夫人房裏大家吃西瓜呢，鳳姐兒得便回王夫人道：『自從玉釧兒姐姐死了，太太跟前少着一個人。太太或看準了那個丫頭好，就吩咐，下月好放給月錢的。』王夫人聽了，想了一想，道：『依我說，什麼是例，必定四個、五個的，夠使就罷了，竟可以免了罷。』鳳姐笑道：『論理，太太說的也是。這原是舊例，別人屋裏還有兩個呢，太太倒不按例了？況且省下一兩銀子也有限。』王夫人聽了，又想一想，道：『也罷，這個分例衹管關了來，不用補人，就把這一兩銀子給他妹妹玉釧兒罷。他姐姐伏侍了我一場，沒個好結果，剩下他妹妹跟着我，吃個雙分子不為過逾〔三〕了。』鳳姐答應着，回頭找玉釧兒，笑道：『大喜，大喜！』玉釧兒過來磕了〔四〕頭。王夫人問道：『正要問你，如今趙姨娘、周姨娘的月例多少？』鳳姐道：『那是定例，每人二兩。趙姨娘有環兄弟的二兩，共是四兩，另外四串錢。』王夫人道：『可都按數給他們？』鳳姐見問的奇，忙道：『怎麼不按數給？』王夫人道：『前兒我恍惚聽見有人抱怨，說短了一吊錢，是什麼原故？』鳳姐忙笑道：『姨娘們的丫頭，月例原是人各一吊。從舊年他們外頭商議的，姨娘們每位的丫頭分例減半，人各五百錢，每位兩個丫頭，所以短了一吊錢。這也抱怨不着我，我倒樂得給他們〔五〕呢，他們外頭又扣着，難道我添上不成？這個事我不過是接手兒，怎麽來，怎麽去，由不得我做主〔六〕。我倒說了兩三回，仍舊添上這兩分的。他們說衹有這個項數，叫我也難再說了。如今我手裏每月連日子都不錯給他們呢。先時在外頭關，那個月不打饑荒，何曾順順溜溜的得過一遭兒。』蒙側：能事能言。王夫人聽說，也就罷了，半日又問：『老太太屋裏幾個一兩的？』鳳姐道：『八個。如今衹有七個，那一個是襲人。』王夫人道：『這就是了。你寶兄弟也并沒有一兩的丫頭，襲人還算是老太太房裏的人。』鳳姐笑道：『襲人原是老太太的人，不過給了寶兄弟使。他這一兩銀子還在老太太丫頭分例上領。如今說因為襲人是寶玉的人，裁了這一兩銀子，斷乎使不得。若說再添一個人給老太太，這個還可以裁他的。若不裁他的，須得環兄弟屋裏也添上一個才公道均勻了。就是晴雯、麝月等七個大丫頭，每月人各月錢〔七〕一吊，佳蕙等八個小丫頭，每月人各月錢〔八〕五百，還是老太太的話，别人如何惱得氣得呢？』薛姨媽笑道：『衹聽鳳丫頭的嘴，倒像倒了核桃車子的，衹聽他的帳也清楚，理也公道。』鳳姐笑道：『姨媽，難道我說錯了不成？』薛姨媽笑道：『說的何嘗錯，衹是你慢些説，豈不省力？』鳳姐才要笑，忙又忍住，聽王夫人示下。王夫人想了半日，向鳳姐道：『明兒挑一個好丫頭送去老太太使，補襲人，把襲人的一分裁了。把我每月的月例二十兩銀子裏，拿出二兩銀子一吊錢來給襲人。蒙側：寫盡慈母苦心。以後凡事有趙姨娘的，也有襲人的，衹是襲人的這一分都也從我的分例上勻出來，不必動官中的〔九〕就是了。』鳳姐一一答應了，笑推薛姨媽道：『姨媽聽見了，我素日說的話如何？今兒果然應了我的話。』薛姨媽道：『早就該如此。模樣兒自然不用說的，他的那一種行事大方，說話見人和氣裏頭帶着剛硬要強，這個實在難得。』王夫人含泪說道：『你們那裏知道襲人那孩子的好處？『孩子』二字愈見親熱，故後文連呼二聲『我的兒』。比我的寶玉強十倍！忽加『我的寶玉』四字，愈令人墮泪。加『我的』二字者，是明顯襲人是彼的。然彼的何如此好，我的何如此不好？又氣又愧，寶玉罪有萬重矣。作者有多少眼泪寫此一句！觀者又不知有多少眼泪也！寶玉果然是有造化的，能夠得他長長遠遠的伏侍他一輩子，也就罷了。』真好文字，寫得出者。鳳姐道：『既這麼樣，就開了臉，明放他在屋裏豈不好？』王夫人道：『那就不好了，一則都年輕，二則老爺也不許，三則那寶玉見襲人是個丫頭，縱有〔十〕放縱的事，倒能聽他的勸，如今作了跟前人，那襲人該勸的也不敢十分勸了。權且〔十一〕渾着，等再過二三年再說罷。』蒙側：苦心。作子弟的，讀此等文章，能不墮泪！

說畢，半日，鳳姐見無話，便轉身出來。剛至廊檐上，衹見有幾個執事的媳婦子正等他回事，見他出來，都笑道：『奶奶今兒回什麼事，這半天？可是要熱着。』鳳姐把袖子挽了幾挽，踏着那角門的門檻子，蒙側：能事得意之人，如畫！笑道：『這裏過門風倒涼快，吹一吹再走。』又告訴衆人道：『你們說我回了這半日的話，太太把二百年頭裏的事（十二）都想起來問我，難道我不説罷。』又冷笑道：『我從今以後，倒要幹幾樣刻毒事了。抱怨給太太聽，我也不怕。糊塗油蒙了心，爛了舌頭，不得好死的下作東西，别作他娘的春夢！明兒一裏腦子扣的日子還有呢。如今裁了丫頭的錢，就抱怨咱們了。也不想一想，是奴兒也配使兩三個丫頭！』蒙側：的真活現！一面駡，一面方走了，自去挑人回賈母話去，不在話下。

卻説王夫人等這裏吃畢西瓜，又説了一會閑話，各自方散去。寶釵與黛玉等回至園中，寶釵因約黛玉往藕香榭去，黛玉回説『就要洗澡』，便各自散去。寶釵獨自行來，順路進了怡紅院，意欲尋寶玉談講以解午倦。不想一入院來，鴉雀無聞，一并連兩衹仙鶴在芭蕉下都睡着了。寶釵便順着游廊來至房中，衹見外間床上横三豎四，都是丫頭們睡覺。轉過十錦槅子，來至寶玉房内。寶玉在床上睡着了，襲人坐在身旁，手裏做針綫，旁邊放着一柄白犀拂塵。寶釵走近前來，悄悄的笑道：『你也過于小心了，這個屋裏那裏還有蒼蠅蚊子，還拿蠅帚子趕什麽？』襲人不防，猛抬頭見是寶釵，忙放下針綫，起身悄悄笑道：『姑娘來了，我倒也不防，唬了一跳。蒙側：閑情閑景，隨便拈來，便是佳文佳話。姑娘不知道，雖然没有蒼蠅蚊子，誰知有一種小蟲子，從這紗眼裏鑽進來，人也看不見，衹睡着了，咬一口，就像螞蟻夾的。』寶釵道：『怨不得。這屋子後頭又窄小，又都是香花兒，這屋子裏頭又香。這種蟲子都是花心裏長的，聞香就撲。』說着，一面又瞧他手裏的針綫，原來是白綾紅裏的兜肚，上面扎着『鴛鴦戲蓮』的花樣：紅蓮綠葉，五色鴛鴦。寶釵道：『哎喲！好鮮亮活計！這是誰的，也值的費這麼大工夫？』襲人向床上努嘴兒。蒙側：妙形景！寶釵笑道：『這麼大了，還帶這個？』襲人笑道：『他原是不帶，所以特特的做的好了，叫他看見由不得不帶。如今天氣熱，睡覺都不留神，哄他帶上了，便是夜裏縱（十三）蓋不嚴些兒，也就罷了。你說這一個就用了工夫，還沒看見他身上現帶的那一個呢。』寶釵笑道：『也虧你耐煩。』襲人道：『今兒做的工夫大了，脖子低的怪酸的。』又笑道：『姑娘！你略坐一坐，我出去走走就來。』蒙側：隨便寫來，有神有理，生出下文多少故事！說着便走了。寶釵祇顧看着活計，便不留心，一蹲身，剛剛的也坐在襲人方才的所在，因又見那活計實在可愛，由不的拿起針來，替他代刺。

不想林黛玉因遇見史湘雲，約他來與襲人道喜，二人來至院中，見靜悄悄的，湘雲便轉身先到廂房裏去找襲人。林黛玉卻來至窗外，隔着紗窗往裏一看，祇見寶玉穿着銀紅紗衫子，隨便睡着在床上，寶釵坐在身旁做針綫，椅邊放着蠅帚子。林黛玉見了這個景兒，連忙把身子一藏，手捂着嘴不敢笑出來，招手兒叫湘雲。湘雲一見他這般景況，祇當有什麼新聞，忙也來一看，也要笑時，忽然想起寶釵素日待他原好，便忙掩住口。知道林黛玉口裏不讓人，怕他取笑，便拉過他來道：『走罷！我想起襲人來，他說午間要到池子洗衣裳，想必去了，咱們那裏找他去。』林黛玉心下明白，冷笑了兩聲，祇得隨他去了。蒙側：觸眼偏生礙，多心偏是痴。萬魔隨事起，何日是完時？

這裏寶釵祇剛做了兩三個花瓣，忽見寶玉在夢中喊罵說：『和尚道士的話如何信得？什麽是「金玉姻緣」，我偏說是「木石姻緣」！』薛寶釵聽了這話，不覺怔了。蒙側：請（原作情）問：此『怔了』是囈語之故，還是囈語之意不妥之故？猜猜。忽見襲人走過來，笑道：『還沒有醒呢。』寶釵搖頭。襲人又笑道：『我才碰見林姑娘、史大姑娘〔十四〕，他們可曾進來？』寶釵道：『沒見他〔十五〕們進來。』因向襲人笑道：『他們沒告訴你什麽話？』襲人笑道：『總不過是他們那些玩話，有什麽正經說的。』寶釵笑道：『他們說的可不是玩話，我正要告訴你呢，你又忙忙的出去了。』

一句話未完，祇見鳳姐兒打發人來叫襲人。寶釵笑道：『就是為那話了。』襲人祇得喚起兩個丫鬟來，一同寶釵出怡紅院，自往鳳姐這裏來。果然是告訴他這話，又叫他與王夫人叩頭，且不必去〔十六〕見賈母，倒把襲人不好意思的。見過王夫人急忙回來，寶玉已醒了，問起原故，襲人且含糊答應，至夜間人靜，襲人方告訴。寶玉喜之不盡，蒙側：『夜深人靜』時，不減長生殿風味。何等告法，何等聽法？人生不遇此等景況，實辜負此一生。又向他笑道：『我可看你回家去不去了！

那一回往家裏走了一趟，回來就說你哥哥要贖你，又說在這裏沒着落，終究算什麼，說了那些無情無義的生分話唬我。『唬』字妙！爾果系明决男子，何得女子『唬』哉？從今以後，我可看誰來敢叫你去？』襲人聽了，便冷笑道：『你倒別這麼說。從此以後我是太太的人了，我要走，連你也不必告訴，衹回了太太就走。』寶玉笑道：『就便算我不好，你回了太太竟去了，叫別人聽見說我不好，你也沒意思。』襲人笑道：『有什麼沒意思，難道作了強盜賊，我也跟着罷。再不然，還有一個死呢。人活百歲，橫竪要死，這一口氣不在，聽不見看不見就罷了。』蒙側：自古及今，大凡大英雄、大豪杰，忠臣孝子，至其真極，不過一死。嗚呼，哀哉！寶玉聽見這話，便忙捂他的嘴，說道：『罷，罷，罷！不用說這些話了。』襲人深知寶玉性情古怪，聽見奉承吉利話又厭虛而不實，聽了這些盡情實話又生悲感，便悔自己說冒撞了，連忙笑着用話截開，衹揀那寶玉素喜談者問之。先問他春風秋月，再談及粉淡脂瑩，然後談到女兒如何好，又談到女兒死，襲人忙掩住口。寶玉談至濃快時，見他不說了，便笑道：『人誰不死？衹要死的好。那些個須眉濁物，衹知道文死諫，武死戰，這二死是大丈夫死名死節。竟何如不死的好！必定有昏君他方諫，他衹顧邀名，猛拚一死，將來弃君于何地！必定有刀兵他方戰，猛拚一死，他衹顧圖汗馬之名，將來弃國于何地！所以這皆非正死。』襲人道：『忠臣良將，出于不得已他才死。』寶玉道：『那武將不過仗血氣之勇，疏謀少略，他自己無能，送了性命，這難道也是不得已？那文官更不比武官了，他念兩句書窩在心裏，若朝廷少有疵瑕，他就聒談亂勸，祇顧他邀忠烈之名，濁氣一涌，即時拚命，難道也是不得已！還要知道，那朝廷是受命于天，他不聖不仁，那天地斷不把這萬幾重任與他了。可知那些死的都是沽名，并不知大義。蒙側：此一段議論文武之死，真真確確，的非凡常可能道者。比如我此時若果有造化，該死于此時的〔十七〕，如今趁你們在，我就死了，再能夠你們哭我的眼泪流成大河，把我的尸首漂起來，送到那鴉雀不到幽僻之處，隨風化了，自此再不要托生為人，就是我死的得時了。』襲人忽見說出這些瘋話來，忙說困了，不理他。那寶玉方合眼睡着，至次日也就丟開了。

一日，寶玉因各處游的煩膩，便想起《牡丹亭》曲來，自己看了兩遍，猶不愜懷，因聞得梨香院的十二個女孩子中有小旦齡官最是唱的好，因着意出角門來找時，祇見寶官、玉官都在院內，見寶玉來了，都笑讓坐。寶玉因問『齡官獨在那裏？』衆人都告訴他說：『在他房裏呢。』寶玉忙至他房內，祇見齡官獨自倒在枕上，見他進來，公然不動。蒙側：另有風味。寶玉素習與別的女孩子玩慣了的，祇當齡官也同別人一樣，因近前來身旁坐下，又賠笑喚他起來唱『裊晴絲』一套。不想齡官見他坐下，忙抬身起來躲避，正色說道：『嗓子啞了。』

前兒娘娘傳進我們去，我還沒有唱呢。』寶玉見他坐正了，再一細看，原來就是那日薔薇花下劃『薔』字的那一個。又見如此景況，從來未經過這番被人弃厭，自己便訕訕的紅了臉，衹得出來了。寶官等不解何故，因問其所以。寶玉便說了；遂出來。寶官便說道：『衹略等一等，薔二爺來了叫他唱，是必唱的。』寶玉聽了，心下納悶，蒙側：非齡官不能如此作勢，非寶玉不能如此忍耐（原無），其文冷中濃，其意韵而誠，有富貴不能移、威武不能屈之意。問：『薔哥兒那去了？』寶官道：『才出去了，一定還是齡官要什麽，他去變弄去了。』寶玉聽了，以為奇特。

少站片時，果見賈薔從外頭來了，手裏提着個雀兒籠子，上面扎着小戲臺，并一個雀兒，興頭頭往裏走，找齡官。見了寶玉，衹得站住。寶玉問他：『是個什麽雀兒，會銜旗串戲臺？』賈薔笑道：『是個玉頂金豆。』寶玉道：『多少錢買的？』賈薔道：『一兩八錢銀子。』一面說，一面讓寶玉坐，自己往齡官房裏來。寶玉此刻把聽曲子的心都沒了，且要看他和齡官是怎麽樣。衹見賈薔進去笑道：『你起來，瞧這個玩意兒。』齡官起身問是什麽，賈薔道：『買了雀兒你玩，省得天天悶悶的無個開心。我先玩個你看。』說着，便拿些谷子哄的那個雀兒果然在戲臺上亂串，銜鬼臉旗幟。衆女孩子都笑道『有趣』，獨齡官冷笑了兩聲，賭氣仍睡去了。賈薔還衹管賠笑，問他好不好。齡官笑道：『你們家把好好的人弄了來，關在這牢坑裏學這牢什古子還不算，你這會子又弄個雀兒來，也偏生幹這個。你分明是弄他來打趣形容我們，還問我好不好。』

賈薔聽了，不覺的慌起來，連忙賭身立誓。又道：『今兒我那裏的脂油蒙了心！費一二兩銀子買他來，原說解悶，就沒有想到這上頭。罷，罷！放了生，免免你的災病。』蒙側：此一番文章從『畫薔』而來，『薔』之畫爲不謬矣。說着，果然將雀兒放了，一頓把那籠子拆了。齡官還說：『那雀兒雖不如人，他也有個老雀兒在窩裏，你拿了他來弄這牢什古子也忍得！今兒我咳嗽出兩口血來，太太叫大夫來瞧，不說替我細問問（十八），你且弄這個取笑。偏生我這沒人管沒人理的，又偏病。』說着又哭起來。賈薔忙道：『昨兒晚上我問了大夫，他說不相幹。他說吃兩劑藥，後兒再瞧。誰知今兒又吐了，這會子請他去。』說着，便要請去。齡官又叫『站住，這會子大毒日頭地下，你賭氣子去請了來，我也不瞧！』賈薔聽了如此說，衹得又站住。寶玉見了這般景況，不覺痴了，這才領會了劃『薔』深意。蒙側：點明。自己站不住，便抽身走了。賈薔一心都在齡官身上，也不顧送，倒是別的女孩子送了出來。

那寶玉一心裁度盤算，痴痴回至怡紅院中，正值林黛玉和襲人坐着說話兒呢。寶玉一進來，就和襲人長嘆，說道：『我昨晚上的話竟說錯了，怪道老爺說我是「管窺蠡測」。昨夜說你們眼泪單葬我，這就錯了。蒙側：這樣悟（原作悞）了，才是真悟（原作悞）。我竟不能全得了。從此後，衹是各人各得眼泪罷了。』襲人昨夜不過是些玩話，已經忘了，不想寶玉今又提起來，便笑道：『你可真真有些瘋了。』寶玉默默不答，自此深悟人生情緣，各有分定，祇是每每〔十九〕暗暗傷心『不知將來葬我灑泪者為誰』？此皆寶玉心中所懷者，不必十分妄擬。

且說林黛玉當下見了寶玉如此形象，便知是又從那裏着了魔來，也不便多問，因向他說道：『我才在舅母跟前，說明兒薛姨媽的生日，叫我順便來問你出去不出去。你打發人前頭說一聲去。』寶玉道：『上回連大爺的生日我也沒去，這會子我又去，倘或碰見人呢？我一概都不去。這麼怪熱的，又穿衣裳，我不去，姨媽也未必惱。』襲人忙道：『這是什麼話？他比不得大老爺。這裏又住的近，又是親戚，你不去，豈不叫他思量。你怕熱，祇清早起到那裏磕個頭，吃鐘茶再來，豈不好看。』寶玉未說話，黛玉便先笑道：『你看着〔二十〕人家趕蚊子的份上，也該走走。』寶玉不解，忙問：『怎麼趕蚊子？』襲人便將昨日睡覺無人做伴，寶姑娘坐了一坐的話說了出來。寶玉聽了，忙說：『不該。我怎麼睡着了，褻瀆了他。』一面又說：『明日必去。』

正〔二一〕說着，忽見史湘雲穿的齊齊整整走來，辭說家裏打發人來接他。寶玉、黛玉聽說，忙站起來讓坐。史湘雲也不坐，寶、黛兩個祇得送他至前面。那史湘雲祇是眼泪汪汪的，見有他家人在跟前，又不敢十分說話。少時薛寶釵趕來，愈覺繾綣難捨。還是寶釵心內明白，他家人若回去告訴了他嬸娘，待他家去又恐受氣，因此倒催他走了。衆人送至二門前，寶玉還要往外送，每逢此時就忘却嚴父，可知前云『爲你們死也情願』不假。倒是湘雲攔住了。一時，回身又叫寶玉到跟前，悄悄的囑咐道：『便是老太太想不起我來，你時常提着打發人接我去。』寶玉連連答應了。眼看着他上車去了，大家方才進來。要知端的，且聽下回分解。

總評

絳芸軒夢兆是金針暗度法。夾寫月錢是爲襲人漸入金屋地步。梨香院是明寫大家蓄戲，不免奸淫之陋，可慎哉，慎哉！

校記

〔一〕原文無『的』字，據庚辰本補。

〔二〕此處的『知足』二字，原文爲『識足』，據庚辰本改。

〔三〕此處的『過逾』二字，原文爲『過餘』，據甲辰本改。

〔四〕原文無『了』字，據庚辰本補。

〔五〕原文無『們』字，據庚辰本補。

〔六〕此處的『做主』二字，原文爲『着主』，據蒙府本改。

〔七〕〔八〕此處的『月錢』二字，原文爲『錢』，據庚辰本改。

〔九〕原文無『的』字，據蒙府本補。

〔十〕此處的『縱有』二字，原文爲『總有』，據庚辰本改。

〔十一〕此處的『權且』二字，原文爲『全且』，校者改。

〔十二〕『……頭裏的事』數字，原文無，據夢稿本補。

〔十三〕此處的『縱』字，原文爲『總』，校者改。

〔十四〕『史大姑娘』數字，原文無，據庚辰本補。

〔十五〕此處的『他』字，原文爲『那』，據庚辰本改。

〔十六〕原文無『去』字，據庚辰本補。

〔十七〕此處的『該死于此時的』數字，原文爲『該死的時』，據庚辰本改。

〔十八〕『太太叫大夫來瞧，不説替我細問問』句，原文爲『太太叫大夫來細問問』，據庚辰本改。

〔十九〕此處的『每每』二字，原文爲『每』，據庚辰本改。

〔二十〕此處的『看着』二字，原文爲『看看』，據庚辰本改。

〔二一〕原文無『正』字，據蒙府本補。

第三十七回　秋爽齋偶結海棠社　蘅蕪苑夜擬菊花題

【回前】海棠名詩社，林、史傲秋閨。縱有才八鬥，不如富貴兒。

這年賈政又點了學差，擇于八月二十日起身。是日拜過宗祠及賈母起身，寶玉諸子弟等送至灑淚亭。

卻說賈政出門去後，外面諸事不能多記。單表寶玉每日在園中任意縱性的逛蕩，直把光陰虛度，歲月空添。這日正無聊之際，祇見翠墨進來，手裏拿着一副花箋送與他。寶玉因道：『可是我忘了，才說要瞧瞧三妹妹去的，可好些了，你偏走來。』翠墨道：『姑娘好了，今日也不吃藥了，不過是涼着一點兒。』寶玉聽說，便展開花箋看時，上面寫道：

妹探春謹奉

二兄文幾：

前夕新霽，月色如洗，因惜清景難逢，詎忍就卧，時漏已三轉，猶徘徊于桐槐之下，未防風露所侵，致獲采薪之患。昨蒙親勞撫囑，後又數遣侍兒問切，兼以鮮荔并真卿墨迹見賜，何痌瘝惠愛之深耶！今因伏幾憑床處默之時，因思及歷來古人中處名攻利敵之場，猶置一些山滴〔一〕水之區，遠招近揖，投轄攀轅，務結一二同志者盤桓于其中，或竪詞壇，或開吟社，雖一時之偶興，遂成千古之佳談。妹雖不才，竊同叨栖處于泉石之間，而兼慕薛、林之技。風庭月榭，惜未宴集詩人；簾杏溪桃，或可醉飛銀盞。孰謂蓮社之雄才，獨許須眉；直以東山之雅會，讓余〔二〕脂粉。若蒙棹雲而來，妹則掃花以待。

謹奉。

寶玉看了，不覺喜的拍手笑道：『倒是三妹妹高雅，我如今就去商議。』一面說，一面就走，翠墨跟在後面。剛到了沁芳亭，衹見園中後門上值日的婆子，手裏拿着一個字帖走來，見了寶玉，便遞上去，口内說道：『蕓哥兒請安，在後門口等着，叫我送來的。』寶玉打開看時，寫道是：

不肖男　芸恭请

父親大人萬福金安。男思自蒙天恩，認于膝下，日夜思一孝順，竟無可孝順之處。前因買辦花草，上托大人金福，竟認得許多花匠，直欲噴飯，真好新鮮文字！并認得許多名園。前因忽見有白海棠一種，不可多得。故變盡方法，衹弄得兩盆。大人若視男如親男一般，皆千古未有之奇文！初讀令人不解，思之則令人噴飯。便留下賞玩。因天氣暑熱，恐園中姑娘們不便，故不敢面見。奉書恭啓，并叩臺安。

男　蕓跪書　一笑。◎辰：接連二啓，字句因人而施，誠作者之妙。

寶玉看了，笑道：『獨他來了，還有什麼人？』婆子道：『還有兩盆花兒。』寶玉道：『你出去說，我知道了，難為他想着。你便把花兒送到我房裏去就是了。』一面說，一面同翠墨往秋爽齋來，衹見寶釵、黛玉、迎春、惜春已都在那裏了。都因蕓之一字工夫，已將諸艷請來，省却多少閑文。不然，必雲如何請，如何來，則必至齊犯寶玉，終成重復之文。

衆人見他進來，都笑說：『又來了一個。』探春笑道：『我不算俗，偶然起個念頭，寫了幾個帖兒試一試，誰知一招皆到。』寶玉笑道：『可惜遲了，早該起這社的。』黛玉說道：『你們衹管起社，可別算我，我是不敢的。』迎春笑道：『你不敢，誰還敢呢？』必得如此，方是妙文。◎庚：若也如寶玉說興頭話（原作說），則不是黛玉矣。寶玉道：『這是一件正經大事，大家鼓舞起來，不要你謙我讓的。各有主意盡管說出來大家平章。『正經大事』已妙，且爲『平章』更妙。◎庚：的是寶玉口角。寶姐姐也出個主意，林妹妹也說個話兒。』寶釵道：『你忙什麼，人還不全呢。』寶釵自有主見。◎庚：妙！寶釵自有主見，真不誣也。一語未了，李紈也來了，進門笑道：『雅的緊！要起詩社，我自薦我掌壇。前日春天我原有這個意思的。我想了一想，我又不會作詩，瞎亂說些什麼，因而也忘了，就沒有說得。既是三妹妹高興，我就幫你作興起來。』又是一篇文字，『分敘單傳』之法。

黛玉道：『既然定要起詩社，咱們都是詩翁了，先把這些姐妹叔嫂的字樣改了才不俗。』黛玉，可人也。李紈道：『極是，何不大家起個別號，彼此稱呼則雅。未起詩社，先起別號。我是定了「稻香老農」，再無人占的。』最妙。探春笑道：『我就是「秋爽居士」罷。』寶玉道：『居士、主人到底不確，且又累贅。這裏梧桐、芭蕉盡有，或指梧桐、芭蕉起個倒好。』探春笑道：『有了，我最喜芭蕉，就稱「蕉下客」罷。』衆人都道別致有趣。黛玉笑道：『你們快牽了他，炖脯子吃酒。』衆人不解。黛玉笑道：『古人曾雲「蕉葉覆鹿」，他自稱「蕉下客」，可不是一祇鹿了？快做鹿脯來。』衆人聽了都笑起來。探春因笑道：『你別忙，使巧話來罵人，我已替你想了個極妥當的美號了。』又向衆人道：『當日娥皇、女英灑淚在竹上成斑，故今斑竹又名湘妃竹。

如今他住的是瀟湘館，他又愛哭，將來他想林姐夫，那些竹子也是要變成斑竹的。以後都叫他作「瀟湘妃子」就完了。』大家聽說，都拍手叫妙。林黛玉低了頭方不言語。所謂『夫人必自悔，然後人悔之』，看伊一謔，便勾出一美號來。◎庚：何等妙文哉！另一花樣。李紈笑道：『我替薛大妹妹也早已想了個好的，也祇三個字。』惜春、迎春都忙問：『是什麼？』迎春、惜春固不能答言，然不便置之不敘，故插他二人問。近日諸豪宴集之時，座上或有一二愚夫不敢接談，偏好問，亦可厭之事也。李紈道：『我是封他為「蘅蕪君」，不知你們如何？』探春道：『這個封號極好呢。』寶玉道：『我呢？你們也替我想個。』庚：必有是問。寶釵笑道：『你的號早有了——「無事忙」。「忙」字確當的很。』果真確當！形容的盡。李紈道：『你還是你的舊號「絳洞花主」就好。』庚：妙極！又點前文。通部中從頭至末，前文已過者，恐去之冷落，使人忘懷，得便一點；未來者，恐來之突然，或先伏一綫，皆行文之妙訣也。寶玉笑道：『小時候幹的營生，還提他做什麼？』赧顏如聞。◎庚：不知大時，又有何營生？探春道：『你的號多的很，又起什麼？我們愛叫你什麼，你就答應着就是了！』庚：更妙！若祇管挨次一個一個亂起，則成何文字？另一花樣。寶釵道：『還得我送你個號罷。有最俗的一個號，卻于你最當。天下難得的是富貴，又難得的是閑散，這兩樣再不能兼有，不想你兼有了，就叫你「富貴閑人」也罷了。』寶玉笑道：『當不起，當不起，倒是隨你們混叫去罷。』李紈道：『二姑娘、四姑娘（三）起個什麼？』迎春道：『我們又不大會詩，白起個號做什麼？』假斯文。◎庚：假斯文。守錢虜來看這句。探春道：『雖如此。也起個才是。』寶釵道：『他住的是紫菱洲，就叫他「菱洲」；四丫頭在藕香榭，就叫他「藕謝」就是了。』

李紈道：『就是這樣好。但序齒我大，你們都要依我的主意，管情說了大家合意。我們七個人起社，我和二姑娘、四姑娘都不會作詩，須得讓出我們三個人去。我們三個各分一件事。』探春笑道：『已有了號，還祇管這樣稱呼，不如不有了。以後錯了，也要立個罰約才好。』李紈道：『立定了社，再定罰約。我那裏地方大，竟在我那裏作社。我雖不能作詩，這些詩人竟不厭俗客，我作個東道主人，我自然也清雅起來了。若是要推我作社長，我一個社長自然不夠，必要再請兩位副社長，就請菱洲、藕謝二位學究，一位出題限韵，一位謄錄監場。亦不可拘定了我們三個不作，若遇見容易些的題目、韵脚，我們也隨便作一首。你們四個都是要限定的。若是如此便起，若不依我，我也不敢附驥了。』迎春、惜春本性懶于詩詞，又有薛、林在前，聽了這話便深合己意，二人皆說『是極』。探春等也知此意，見他二人悅服，也不好強，祇得依了。因笑道：『這話也罷了，祇是我自想好笑的，我起了個主意，反叫你們三個來管起我來了。』寶玉道：『既這樣，咱們就往稻香村去。』李紈道：『都是你忙，今日不過商議了，等我再請。』寶釵道：『也要議定幾日一回方好。』探春道：『若祇管會的多，又沒趣了。一月之中，祇可兩三次才好。』寶釵點頭道：『一月祇要兩次就夠了。擬定日期，風雨無阻。除這兩日外，倘有高興的，他情願加一社的，或情願到他那裏去，或附就了，亦可使得，豈不活潑有趣。』衆人都道：『這個主意更好。』

探春道：『祇是原系我起的意，我須得先作個東道主人，方不負我這興。』李紈道：『既這樣說，明日你就先開一社如何？』探春道：『明日不如今日，就是此刻好。你就出題，菱洲限韵，藕謝監場。』迎春道：『依我說，也不必隨一人出題限韵，竟是拈鬮公道。』李紈道：『方才我來時，看見他們抬進兩盆白海棠來，倒是好花。你們何不就咏起來？』庚：真正好題！妙在未起詩社，先得了題目。迎春道：『都還未賞，先倒作詩。』寶釵道：『不過是白海棠，又何必定要見了才作。古人詩賦，也不過都是寄興寫情耳。若都是看見了作，如今也沒這些詩了。』真詩人話！迎春道：『既如此，待我限韵。』說着，走到書架前抽出一本詩來，隨手一揭，這首詩竟是一首七言律，遞與衆人看了，都該作七言律。迎春掩了詩，又向一個小丫頭道：『你隨口說一個字來。』那丫頭正倚門立着，便說了『門』字。迎春笑道：『就是門字韵，「十三元」。押頭一個韵定要這「門」字。』說着，又要了韵牌匣子過來，抽出『十三元』一屜（四），又命那小丫頭隨手拿四塊。那丫頭便拿了『盆』『魂』『痕』『昏』四塊來。寶玉道：『這「盆」「門」兩個字不大好作呢！』

待書〔五〕一樣預備下四份紙筆，便都悄然各自思索起來。獨黛玉或撫梧桐，或看秋色，或又和丫鬟們嘲笑。看他單寫黛玉。迎春又命丫鬟炷了一支『夢甜香』。原來這『夢甜香』衹有三寸來長，有燈草粗細，以其易燼，故以此燼〔六〕為限，如香燼未成便要罰。庚：好香！專能撰此新奇字樣。一時探春便先有了，自提筆寫出，又改抹了一回，遞與迎春。因問寶釵：『蘅蕪君，你可有了？』寶釵道：『有卻有了，衹是不好。』寶玉背着手，在回廊上踱來踱去，因向黛玉說道：『你聽，他們都有了。』黛玉道：『你別管我。』寶玉又見寶釵已謄寫出來，因說道：『了不得！香衹剩下了一寸了，我才有了四句。』又向黛玉道：『香快完了，衹管蹲在那潮地下做什麼？』黛玉也不理。寶玉道：『我可顧不得你了，好歹也寫出來罷。』說着也走在案前寫了。李紈道：『我們要看詩了，若看完了還不交卷是必罰的。』寶玉道：『稻香老農并不善作卻善看，又最公道，庚：理豈不公？你就評閱優劣，我們都服的。』衆人都道：『自然。』于是看探春的稿上寫道〔七〕是：

咏白海棠 限門、盆、魂、痕、昏為韵

斜陽寒草帶重門，苔翠盈鋪雨後盆。

玉是精神難比潔，雪爲肌骨易銷魂。
芳心一點嬌無力，倩影三更月有痕。
莫謂縞仙能羽化，多情伴我咏黄昏。

大家看了，稱賞一回，又看寶釵的道：

珍重芳姿晝掩門，庚：寶釵詩全是自寫身份，諷刺時事，衹以品行爲先，才技爲末。纖巧流蕩之詞，綺靡秾艷之語，一洗皆盡。非不能也，屑而不爲也。最恨近日小説中，一百美人詩詞語氣，衹得一個艷稿。
自攜手瓮灌苔盆。
胭脂洗出秋階影，冰雪招來露砌魂。庚：看他清潔自厲，終不肯作一輕浮語。
淡極始知花更艷，庚：好極！高情巨眼，能幾人哉？正『一鳥不鳴山更幽』也。愁多焉得玉無痕。看他諷刺寶、黛二人。
欲償白帝憑清潔，看他諷刺林，收到自己身上，是何等身份！不語婷婷日又昏。

李紈笑道：『到底〔八〕是蘅蕪君。』說着又看寶玉的，道是：

秋容淺淡映重門，七節攢成雪滿盆。
出浴太真冰作影，捧心西子玉爲魂。
曉風不散愁千點，庚：此句真是自己一生心事。宿雨還添泪一痕。庚：妙在終不忘黛玉。
獨倚畫欄如有意，清砧怨笛〔九〕送黄昏。庚：寶玉再細心作，祇怕還有好的，祇是一心挂着黛玉，故平（原作手）妥不警也。

大家看了，寶玉說探春的好，李紈才〔十〕要推寶釵這詩有身份，因又催黛玉。黛玉道：『你們都有了？』說着提筆一揮而就，擲與衆人。李紈等看他寫道是：

半捲湘簾半掩門，且不說花，且說看花的人，起的突然令人閱之有別致。碾冰爲土玉爲盆。料定他與別人不同。

看了這句，寶玉先喝起彩來，祇說『從何處想來！』又看下面道是：

偷來梨蕊三分白，借得梅花一縷魂。

衆人看了，也都不禁叫好，說『果然比別人又是一樣心腸。』又看下面道：

月窟仙人縫縞袂，秋閨怨女拭啼痕。庚：虛敲旁（原作傍）比，真逸才也，且不脱落自己。

嬌羞默默同誰訴，倦倚西風夜已昏。庚：看他終結到自己，一人是一人口氣，逸才仙品固讓蘅兒；温雅沉着終是寶釵。今日之作，寶玉自應居末。

衆人看了，都道是這首為上。李紈道：『若論風流別致，是推瀟作；若論含蓄渾厚，終讓蘅稿。』探春道：『這評的有理，瀟湘妃子當居第二。』李紈道：『怡紅公子是壓尾，你服不服？』寶玉道：『我的那首原不好，這評的最公。』似有不服之意。◎庚：話內細思，則似有不服先評之意。又笑道：『祇是蘅、瀟二首還要斟酌。』李紈道：『原是依我評論，不與你相幹，再有多說者必罰。』寶玉聽說，祇得罷了。李紈道：『從此後我定于每月初二、十六這兩日開社，出題、限韻都要依我。這其間你們有高興的，祇管另擇日子補開，那怕一個月每天都開社，我也不管。祇是到了初二、十六的這兩日，是必往我那裏去。』寶玉道：『到底要起個社名才是。』探春道：『俗了又不好，忒新了，刁鑽古怪也不好。可巧才是海棠詩開端，就呼作「海棠社」罷。雖然俗些，因真有此事，也就不礙了。』說畢，大家又商議了一會，略用些酒果，方各自散去。也有回家的，也有往賈母、王夫人處去的。

當下別人無話。（一路總不大寫薛、林興頭，可見他二人不着意于此。不寫薛、林，正是大手筆，是『錯綜法』。）且說襲人（忽然寫入妙襲人，看他如何終此詩社。◎己：忽然寫到襲人，真令人不解！看他如何終此詩社之文。）因見寶玉看了字帖兒便慌慌張張同翠墨去了，也不知何事。後來又見後門上婆子送了兩盆海棠花來，襲人問是那裏來的，婆子們便將寶玉前一番原故說了。襲人聽說便命他們擺好，讓他們在下房裏坐了，自己走到自己房內秤了六錢銀子封好，又拿了三百錢來，都遞與那兩個婆子道：『這銀子賞那抬花來的小子們，這錢你們打酒吃罷。』婆子們站起來，眉開眼笑，千恩萬謝的不肯受，見襲人執意不收，方領了。襲人又道：『後門上外頭可有該班的小子們？』婆子忙應道：『天天有四個，預備裏面差使的。姑娘有什麼差使，我們吩咐去。』襲人笑道：『我有什麼差使？今兒寶二爺要打發人到小侯爺家與大姑娘送東西去，可巧你們來了，順便出去，叫後門上的小子們雇輛車來。回來你們就來這裏拿錢，不用叫他們〔十二〕又往前頭混碰去。』婆子答應着去了。

襲人回至房中，拿碟子盛東西與史湘雲送去，（綫頭却過牽（原作索）出，觀者不理會。不知是何碟何物，令人犯思索。）卻見槅碟槽空着。

妙極，細極！因此處系依古董式樣摳成槽子，故無此件此槽遂（原作隨）空。若忘却前文，此句不能解矣。

因回頭見晴雯、秋紋、麝月等都在一處做針黹〔十二〕；襲人問道：『這一個纏絲白瑪瑙碟子那去了？』衆人見問，都你看我，我看你，都想不起來。半日，晴雯笑道：『給三姑娘送荔枝去的，還沒送來呢。』襲人道：『家常送東西的家伙多呢，何必用這個？』晴雯道：『我何嘗不也〔十三〕這樣說。他說這個碟子配上鮮荔枝才好看。己：自然好看，原該如此。可恨今之有一二好花者，不肯象景而用。我送去，三姑娘見了，也說好看，叫連碟子放着，就沒帶來。你再瞧，那槅子盡上的一對聯珠瓶還沒收來呢。』

秋紋笑道：『提起〔十四〕瓶來，我又想起笑話。我們寶二爺說聲孝心一動，也敬到二十分。因那日見園裏桂花，折了兩枝，原是自己要插瓶的，忽然想起來說，這是自己園裏的才開的新鮮花，不敢自己先玩，巴巴的把那一對瓶拿下來，親自灌水插好了，叫個人拿着，親身送一瓶進老太太，又進一瓶與太太。誰知他孝心一動，連跟的人都得福了。可巧那日是我拿去的。老太太見了這樣，喜的無可無不可，見人就〔十五〕說：「到底是寶玉孝順我，連一枝花兒也想的到。別人還祇抱怨我疼他。」你們知道，老太太平日不大同我說話的，有些不入他老人家的眼的。那日竟叫人拿幾百錢給我，說我可憐見的，生的單柔。這可是再想不到的福氣。幾百錢事小，難得這個臉面。及至到了太太那裏，太太正和二奶奶、趙姨奶奶、周姨奶奶好些人翻箱子，找太太當日年輕的顏色衣裳，不知給哪一個。一見了，連衣裳也不找了，且看花兒。又有二奶奶在旁邊湊趣，也誇寶玉，又是怎樣孝敬，又是怎樣知好歹，有的沒的說了兩車話。當着衆人，太太自為又增了光，堵了衆人的嘴。太太越發喜歡了，現成的衣服就賞我兩件。衣裳也是小事，年年橫豎也得，卻不像這個彩頭。』

晴雯笑道：『呸！沒見世面的小蹄子！那是把好的給了人，挑剩下的才給你，你還充有臉呢。』秋紋道：『憑他給誰剩的，到底是太太的恩典。』晴雯道：『要是我，我就不要。若是給別人剩的給我，也罷了。一樣這屋裏的人，難道誰又比誰高貴些？把好的給他，剩的才給我，我寧可不要，衝撞了太太，我也不受這口氣。』秋紋忙問：『給這〔十六〕屋裏誰的？我因前日病了幾天，家去了，不知是給誰的。好姐姐，你告訴我知道知道。』晴雯道：『我告訴了你，難道你這會退還太太去不成？』秋紋笑道：『胡說。我自聽了喜歡喜歡。那怕給這屋裏的狗剩下的，我祇領太太的恩典，也不犯管別的事。』衆人聽了都笑道：『罵的巧，可不是給了那西洋花點子哈巴兒了。』襲人笑道：『你們這起爛了嘴的！得了空就拿我取笑打牙兒。一個個不知怎麼死呢。』秋紋笑道：『原來姐姐得了，我實在不知道。我賠個不是罷。』

襲人笑道：『少輕狂罷。你們誰取了碟子來是正經。』己：看他忽然夾寫女兒喁喁一段，總不脱落正事。所謂此書一回是兩段，兩段中却有無限事體，或有一語透至一回

（者，或有反補上回者，錯綜穿插，從不一氣直起直瀉至終爲了。）麝月道：『那瓶兒也該得空收來了。老太太屋裏還罷了，太太屋裏人多手雜。別人還可以，趙姨奶奶一伙的人，見是這屋裏的東西，又該使黑心弄壞了才罷。太太也不大管這些，不如早些收來正經。』晴雯聽說，便擲下針黹道：『這話倒是，等我取去。』秋紋道：『還是我取去罷，你取碟子去。』晴雯笑道：『我偏取一遭兒去。是巧宗兒你們都得了，難道不許我得一遭兒？』麝月笑道：『通共秋丫頭得了一遭兒衣裳，那裏今日又可巧，你也遇見找衣裳不成。』晴雯冷笑道：『雖然碰不見衣裳，或者太太看見我勤謹，一個月也把太太的公費裏分出二兩銀子來給我，也定不得。』說着，又笑道：『你們別和我裝神弄鬼的，什麼事我不知道？』一面說，一面往外跑了。秋紋也同他出來，自去探春那裏取了碟子來。

襲人打點齊備東西，叫過本處的一個老宋媽媽來，（『宋』，送也。隨事生文妙！）向他說道：『你先好生梳洗了，換了出門的衣裳來，如今打發你與史大姑娘送東西去。』那宋媽媽道：『姑娘祇管交給我，有話說與我，我收拾了就好一順去的。』襲人聽說，便端過兩個小掐絲盒子來。先揭開一個，裏面裝的是紅菱和鷄豆（妙！）兩樣鮮果；又那一個，是一碟子桂花糖蒸新栗粉糕。又說道：『這都是今年咱們這裏園裏新結的果子，寶二爺送來與姑娘嘗嘗。再前日姑娘說這瑪瑙碟子好（十七），姑娘留下玩罷。（庚：妙！隱這一件公案。余想襲人必要瑪瑙碟子盛去，何必驕奢輕發如是耶？因（原作固）有此一案，則無怪矣。）

這絹包兒裏是姑娘上日叫我做的活計，姑娘別嫌粗糙，噥着些罷。替我們請安，替二爺問好就是了。』宋媽媽道：『寶二爺不知還有甚說的，姑娘再問問去，回來又別說忘了。』襲人因問秋紋：『方才可見在三姑娘那裏？』秋紋道：『他們都在那裏商議起什麼詩社呢，又都作詩。想來沒話，你祇去罷。』宋媽媽聽了，便拿了東西出去，另外穿戴〔十八〕了。襲人又囑咐他：從後門出去，有小子和車等着你！』宋媽去後，不在話下。

寶玉回來，先忙着看了一會海棠，至房內告訴襲人起詩社的事。襲人也把打發宋媽媽與史湘雲送東西去的話告訴了寶玉。寶玉拍手道：『偏忘了他。我自覺心裏有什麼事，祇是想不起來，虧你提起來，正要請他去。這詩社裏若少了他還有什麼意思！』襲人勸道：『什麼要緊，不過玩意兒。他比不得你們自在，家裏又作不得主兒。告訴他，他要來，又由不得他；不來，他又牽腸挂肚的，沒的叫他不受用。』寶玉道：『不妨事，我回老太太打發人接他去。』正說着，宋媽媽已經回來，回復道生受，與襲人道乏，又說：『問二爺做什麼呢，我說和姑娘們起什麼詩社作詩呢。史姑娘說，他們作詩也不告訴我來，急的了不得。』寶玉聽了起身便往賈母處來，立逼着叫人接去。賈母因說：『今日又天〔十九〕晚了，明日一早再去。』寶玉祇得罷了，回來悶悶的。

次日一早，便又往賈母處來催逼人接去。直到午後，史湘雲才來了，寶玉方放了心；見面時就把始末原由告訴他，又要與他詩看。李紈等因說道：『且別給他看，先說與他韵。他後來，先罰他和了詩；若好，便請入社；若不好，還要罰他一個東道再說。』湘雲笑道：『你們忘了請我，我還要罰你們呢。就拿韵來，我雖不能，衹得勉強出醜。容我入社，掃地焚香我也情願。』衆人見他這般有趣，越發喜歡，都埋怨昨日怎麼忘了他，遂忙告訴他韵。史湘雲一心興頭，等不得推敲刪改，一面衹管和人說着話，心内早已和成，即用隨便的紙筆錄出，己：可見越（原作起）是好文字，不管怎樣就有了。越用工夫，越講究筆墨，終成塗鴉（原作雅）。先笑說道：『我卻依韵和了兩首，靖眉：觀湘雲作海棠詩，如見其嬌憨之態。是乃實有其事，非作（原作非作其事）者杜撰也。◎庚：更奇！想前四首已將形容盡矣，一首猶恐重犯，不知二首又從何處着筆。好歹我卻不知，不過應命而已。』說着遞與衆人。衆人道：『我們四首也算想絕了，再一首也不能了。你倒弄了兩首，那裏有許多話說？不要重了我們。』

一面說，一面看詩，衹見那兩首詩寫道：

神仙昨日降都門，庚：落想便新奇。不落彼四套。種得藍田玉一盆。庚：好！『盆』字押得更穩，總不落彼之（原作三）套。

自是素娥偏愛冷，庚：又不脱自己將來形景。非關青女亦離魂。
秋陰捧出何方雪，庚：拍案叫絶，壓倒群芳，在此一句。雨漬添來隔宿痕。
却喜詩人吟不倦，豈令寂寞度朝昏。真妙！

皆道：『好詩，好詩！』又往下看，寫道：

蘅芷階通蘿薜門，也宜墻角也宜盆。更妙！
花因喜潔難尋偶，人爲悲秋易斷魂。
玉燭滴幹風裏泪，晶簾隔破月中痕。
幽情欲向嫦娥訴，無奈虚廊夜已昏。二首真可壓卷，是奇怪之文。總令人想不到，忽有二首壓卷。

衆人看一句，驚訝一句，看到了，贊到了，都説：『這個不枉作了海棠詩，真該要起海棠社了。』史湘雲道：『明日先罰了我個東道，就讓我先邀一社可使得？』衆人笑道：『這更妙了。』因又將昨日的與他評論了一會。

至晚，寶釵將湘雲邀往蘅蕪院去安歇。湘雲燈下計議如何設東，如何擬題。寶釵聽他說了半日，皆不妥當，（却于此刻方寫寶釵。）因向他說道：『既開社，便要作東。雖然是個玩意兒，也要瞻前顧後，又要自己便宜，又要不得罪人，然後方大家有趣。你家裏你又作不得主，一個月通共那幾串錢，你還不夠盤纏呢。這會子又幹這沒要緊的事，你嬸嬸聽見了，越發抱怨你了。況且你就都拿出來，做這個東道也不夠。難道為這個家去要去不成？還是和這裏要呢？』一席話提醒了湘雲，倒躊躕起來。寶釵道：『這個我已經有個主意。我們當鋪裏有一個伙計，他家田上出的好肥螃蟹，前日送了幾斤來。現在這裏的人，從老太太起連上園裏的人，有多一半都是愛吃螃蟹的。前日姨媽還說要請老太太在園裏賞桂花、吃螃蟹，因為有事，還沒有請。你如今且把詩社別提起，衹管普通一請。等他們散了，咱們有多少詩作不得的？我和我哥哥說，要幾簍極肥大的螃蟹來，再往鋪子裏取出幾壇好酒，再備上四五桌果碟，豈不又省事又大家熱鬧了！』湘雲聽了，心中自是感服，極贊他想的周到。寶釵又笑道：『我是一片真心為你，千萬別多心，想着我小視了你，咱們兩個就白好了。你若不多心，我就好叫他們辦去的。』湘雲忙笑道：『好姐姐，你這樣說，倒多心待我了。憑他怎麼糊塗，連個好歹也不知，還成個人了？我若不把姐姐當作親姐姐一樣看，上回那些家常話，煩難事，也不肯盡情告訴你了。』寶釵聽說，便叫一個婆子來：『出去和大爺說，依前日的大螃蟹要幾簍來，明日飯後請老太太、姨媽賞桂花。你說大爺好歹別忘了，我今日已請下人了。』那婆子出去說明，回來無話。庚：必得如此叮嚀，阿呆兄方記得。

這裏寶釵又向湘雲道：『詩題也不要過于新巧了。你看古人詩中那些刁鑽古怪的題目和那極險的韵脚，若題過于新巧，韵過于險，再不得有好詩，終是小家氣。詩固然怕說熟話，更不可過于求生，頭一件祇要立意清新，自然措詞就不俗了。究竟這也算不得什麼，還是紡績針黹是你我的本。等一時閑了，倒是于身心有益的書，看幾章是正經。』

湘雲祇答應着，因笑道：『我如今心裏想着，昨日作了海棠詩，我如今要作個菊花詩如何？』寶釵道：『菊花倒也合景，祇是前人太多了。』湘雲道：『我也是如此想着，恐怕落套。』寶釵想了想，道：『有了，如今以菊花為賓，以人為主，竟擬出幾個題目來，都是兩個字：一個虛字，一個實字，實字就用「菊」字〔二十〕，虛字通用的。如此又是咏菊，又是賦事，前人也沒作過，也不能落套。賦景咏物兩關着，又新鮮，又大方。』湘雲笑道：『這卻很好。祇是不知用何等虛字才好？你先想一個我聽聽。』寶釵想了一想，笑道：『《菊夢》就好。』湘雲笑道：『果然好。我也有個，《菊影》可使得？』寶釵道：『也罷了。祇是也有人作過，若題目多，這個也夾的上。我又有了一個。』湘雲道：『快說出來。』寶釵道：『《問菊》如何？』湘雲拍案叫妙，因接說道：『我也有了，《訪菊》如何？』寶釵也贊有趣，因說道：『越性擬出十個來寫上，再說來看。』二人研墨蘸筆，湘雲便寫，寶釵便念，一時湊了十個。湘雲看了一遍，又笑道：『十個還不成幅，越性湊成十二個便全了，也如人家字畫冊頁一樣。』寶釵聽說，又想了兩個，一共湊成十二個了。又說道：『既這樣，越性編出他個次序先後來。』湘雲道：『如此更妙，竟弄成個菊譜了。』寶釵道：『起首是《憶菊》之意；不得，故訪。第二是《訪菊》；既得，便種。第三是《種菊》；種菊盛開，故相對而賞。第四是《對菊》；相對而興有餘，故折來供瓶為玩。第五是《供菊》；既供而不吟，亦覺菊無彩色。第六便是《咏菊》；既入詞章，不可無筆墨。第七便是《畫菊》；既為菊如是碌碌，究竟不知有何妙處，不禁有所問。第八便是《問菊》；菊如解語，使人不禁狂喜。第九便是《簪菊》；如此人事雖盡，猶有菊之可咏者。《菊影》《菊夢》二首，第十、第十一；末卷便以《殘菊》總收前題之盛。這便是三秋的妙景、妙事都有了。』

湘雲依言將題錄出，又看了一會，又問『該限何韵？』寶釵道：『我平生最不喜限韵，分明有好事，何苦為韵所縛。咱們別學那小家派，衹出題不拘韵。原為大家偶得了好句取樂，并不為那些難人。』湘雲道：

『這話很是。這樣大家的詩還進一層。但祇咱們五個人，這十二個題目，難道每人作十二首不成？』寶釵道：『那也太難人了。將這題目謄好，都要七言律詩，明日貼在牆上。他們看了，誰作那一個就作那一個。有力量者，十二首都作也可；不能的，一首不成也可。高才捷足者為尊。若十二首已全，便不許他作，趕着罰他就完了。』湘雲道：『這倒也罷了。』二人商議妥帖，方才息燈安寢。要知端的，且聽下回分解。

總評

薛家女子何貞俠，總因富貴不須誇。發言行事何其嘉，居心用意不狂奢。世人若肯平心度，便解雲、釵兩不暇。

校記

〔一〕原文無『滴』字，據庚辰本補。庚辰本在此處有一『滴』字。

〔二〕此處的『餘』字，原文爲『于』，據庚辰本改。

〔三〕此處的『四姑娘』三字，原文爲『三姑娘』，據庚辰本改。

〔四〕此處的『一屜』二字，原文爲『一篇』，據庚辰本改。
〔五〕此處的『待書』二字，原文爲『侍書』，據列藏本改。
〔六〕原文無『故以此爐』四字，據庚辰本補。
〔七〕原文無『道』字，據庚辰本補。
〔八〕原文無『底』字，據蒙府本補。
〔九〕此處的『怨笛』二字，原文爲『遠笛』，據庚辰本改。
〔十〕此處的『才』字，原文爲『終』，據庚辰本改。
〔十一〕原文無『們』字，據庚辰本補。
〔十二〕此處的『針黹』二字，原文爲『針指』，據庚辰本改。後面亦有兩處將原文的『針指』，改爲『針黹』，不再專注。
〔十三〕原文無『也』字，據庚辰本補。
〔十四〕此處的『提起』二字，原文爲『想起』，據庚辰本改。
〔十五〕原文無『就』字，據庚辰本補。
〔十六〕此處的『給這……』原文爲『給誰……』據蒙府本改。
〔十七〕原文無『好』字，據蒙府本補。
〔十八〕此處的『穿戴』二字，原文爲『穿帶』，校者改。

〔十九〕原文無『天』字，據庚辰本補。

〔二十〕此處的『「菊」字』，原文爲『菊花』，據庚辰本改。

第三十八回　林瀟湘魁奪菊花詩　薛蘅蕪諷和螃蟹咏

【回前】美人用別號，亦新奇花様，且韵且雅，呼去覺滿口生香。起社出自探春意，作者已伏下『興利除弊』之文也。

此回才放筆寫詩、寫詞、作札。看他詩復詩，詞復詞，札復札，總不相犯。

湘雲，詩客也，前回寫之。其今才起社後，用不即不離，閑人數語、數折，仍歸社中，巧活之筆如此！

己：題曰『菊花詩』『螃蟹咏』，偏自太君前，阿鳳若許詼諧中不失體，鴛鴦、平兒寵婢中多少放肆之迎合取樂，寫來似難入題，却輕輕用弄水、戲魚、看花等游玩事，及王夫人雲『這裏風大』一句，收住入題，并無纖毫牽强。此重作輕抹法也。妙極，好看煞！

話説寶釵、湘雲二人計議已妥，一宿無話。湘雲次日便請賈母等賞桂花。賈母等都説：『倒是他有興頭，須要擾他這雅興。』（若在世俗小家，則雲：『你是客，在我們家，怎麼反擾他的？』益發可笑！）至午，果然賈母帶了王夫人、鳳姐兼請薛姨媽等進園來。賈母因問：『那一處好？』（必如此問方好。）王夫人道：『憑老太太愛在那一處，就在那一處。』（必是王夫人如此答方好。）鳳姐道：『藕香榭已經擺下了，那山坡下兩棵〔一〕桂花開的又好，河裏的〔二〕水又碧清，坐在河當中亭子上豈不敞亮，看着水眼也清亮。』（智（原作知）者樂水，豈其然乎？）賈母聽了，說：『這話很是。』說着，引了衆人往藕香榭來。原來這藕香榭蓋在池中，四面有窗，左右有曲廊可通，亦是跨水接岸，後面又有曲折竹橋暗接。衆人上了竹橋，鳳姐忙上來挽着賈母，口裏說：『老祖宗祇管邁大步，不相幹的，這竹子橋規矩是「咯吱咯喳」的。』（如見其勢，如臨其上，非走過者形容不出。）

一時進入榭中，祇見欄杆外另放着兩張竹案，一個上面設着杯箸酒具，一個上頭設着茶筅〔三〕、茶盂各色茶具。那邊有兩三個丫頭煽風爐煮茶，這一邊另外幾個丫頭也煽風爐燙酒呢。賈母歡喜道：『這茶想的到，且是地方，東西都幹淨。』湘雲笑道：『這是寶姐姐幫着我預備的。』賈母道：『我說這個孩子細致，凡事想的妥當。』一面說，一面又看見柱上挂的黑漆嵌蚌的對子，命人念。湘雲念道：

芙蓉影破歸蘭槳，菱藕香深寫竹橋。（妙極！此處忽又補出一處，不入賈政試才一回，皆錯綜其勢，不作一直（原作真）筆也！）

賈母聽了，又抬頭看匾，因回頭向薛姨媽道：『我先小時，家裏也有這麼一個亭子，叫做什麼「枕霞閣」。我那時也像他們這麼大年紀，同姊妹們天天玩去。那日誰知我失了腳掉下去，幾乎沒淹死，好容易救了上來，到底被那木釘把頭碰破了。如今這鬢角上那指頭頂大一塊窩兒就是那殘疾了。衆人都怕經了水，又怕冒了風，都說活不得了，誰知竟好了。』鳳姐不等人說完，先笑道：『那時要活不得，如今這麼大福可叫誰享呢！可知老祖宗從小兒福氣就不小，神差鬼使碰出那個窩兒來，好盛福壽的。壽星老兒頭上原是一個窩兒，因為萬壽萬福盛滿了，所以倒凸高出些來了。』未及說完，賈母與衆人都笑軟了。庚：看他忽用賈母語，閑閑又補出此書之前，似已有一部『十二釵』的一般，令人遥憶不能一見。余則將欲補出『枕霞閣中十二釵』來，豈不又添一部新書？賈母笑道：『這猴兒慣的了不得了，衹管拿我取笑起來，恨的我撕你那油嘴。』鳳姐笑道：『回來吃螃蟹，恐積了冷在心裏，討老祖宗笑一笑開開心，一高興多吃兩個就無妨了。』賈母笑道：『明日叫你日夜跟着我，我倒常笑笑覺的開心，不許回家去。』王夫人笑道：『老太太因為喜歡他，才慣的他這樣。還這樣說，他明日越發無禮了。』賈母笑道：『我喜歡他這樣，況且他又不是那不知高低的孩子。家常沒人。娘兒們原該這樣。横豎禮體不錯就罷了，沒的倒叫他從神兒似的做什麼？』近之暴發專講禮法，竟不知禮法，此似無禮，而禮井井，所謂『整瓶不動半瓶摇』，又曰『習慣成自然』，真不謬也。

說着，一齊進入亭子，獻過茶，鳳姐忙着擺桌子，要杯箸。上面一桌，賈母、薛姨媽、寶釵、黛玉、寶玉；東邊一桌，史湘雲、王夫人、迎、探、惜；西邊靠門一小桌，李紈和鳳姐的。明雖設座位，二人皆不敢坐，衹在賈母、王夫人兩桌上伺候。鳳姐吩咐：『螃蟹不可多拿來，仍舊放在蒸籠裏，拿十個來，吃了再拿。』一面又要水洗了手，站在賈母跟前剝蟹肉，頭次讓薛姨媽。薛姨媽道：『我自己剝着吃香甜，不用人讓。』鳳姐便奉與賈母。二次的便與寶玉，又說：『把酒燙的熱熱的拿來。』又命小丫頭們去取菊花葉兒、桂花蕊薰的綠豆面子來，預備洗手。史湘雲陪着吃了一個，就下座來讓人，又出至外頭，命人盛兩盤子與趙姨娘、周姨娘送去。又見鳳姐走來道：『你不慣張羅，你吃你的去。我先替你張羅，等散了我再吃。』湘雲不肯，又命在那邊廊上擺了兩桌，讓鴛鴦、琥珀、彩霞、彩雲、平兒去坐。鴛鴦因向鳳姐笑道：『二奶奶在這裏伺候，我們可吃去了。』鳳姐兒笑道：『你們衹管去，都交給我就是了。』說着，史湘雲仍入了席。

鳳姐和李紈也胡亂應個景兒。鳳姐仍是下來張羅，一時出至廊上，鴛鴦等正吃的高興，見他來了，鴛鴦等站起來道：『奶奶又出來做什麼？讓我們也受用一會子。』鳳姐笑道：『鴛鴦小蹄子越發壞了，我替你當差，倒不領情，還抱怨我。還不快斟一鐘酒來我喝呢。』鴛鴦笑着忙斟了一杯酒，送至鳳姐唇邊，鳳姐一揚脖子吃了。琥珀、彩霞二人也斟上一杯，送至鳳姐唇邊，鳳姐也吃了。平兒早剔了一殼黃子送來，鳳姐道：『多倒些姜醋。』一面也吃了，笑道：『你們坐着吃罷，我可去了。』鴛鴦笑道：『好沒臉的，吃我們的東西。』鳳姐兒笑道：『你和我少作怪。你知道你璉二爺愛上了你，要和老太太討了你作小老婆呢。』鴛鴦道：『啐！這也是作奶奶說出來的話！我〔四〕不拿腥手抹你一臉算不得。』說着趕來就要抹。鳳姐兒央〔五〕道：『好姐姐，饒我這一遭兒罷。』琥珀笑道：『鴛丫頭要去了，平丫頭還饒他？你們看看他，沒有吃了兩個螃蟹，倒喝了一碟子醋，他也算會攬酸的了。』平兒手裏正剝了個滿黃的螃蟹，聽如此奚落他，便拿着螃蟹向着琥珀臉上來抹，口內笑罵：『我把你這嚼舌根的小蹄子！』琥珀也笑着往旁邊一躲，平兒使空了，往前一撞，正恰恰的抹在鳳姐兒腮上。鳳姐正和鴛鴦嘲笑，不防唬了一跳，『哎呀』了一聲。衆人撐不住都哈哈的大笑起來。鳳姐也禁不住笑罵道：『死娼婦！吃瞎了眼了，混抹你娘的。』平兒忙趕過來替他擦了。親自去端水。鴛鴦道：『阿彌陀佛！這是個報應。』賈母那邊聽見，一叠連聲問：『見了什麼這樣樂，告訴我們也笑笑。』鴛鴦等忙高聲笑回道：『二奶奶來搶螃蟹吃，平兒惱了，抹了他主子一臉的螃蟹黃子。主子奴才打架呢。』賈母和王夫人等聽了也笑起來。賈母笑道：『你們看他可憐見的，把那小腿子、臍子給他點子吃也就〔六〕完了。』鴛鴦等笑着答應了，高聲又說道：『這滿桌子的腿子，二奶奶衹管吃就是了。』鳳姐洗了臉走來，又伏侍賈母等吃了一會。黛玉獨不敢多吃，衹吃了一點兒〔七〕夾子肉就下來了。

賈母一時不吃了，大家方散，都洗了〔八〕手，也有看花的，也有弄水看魚的，游玩了一會。王夫人因回賈母說：『這裏風大，才又吃了螃蟹，老太太還是回房去歇歇罷了。若高興，明日再來逛逛。』賈母聽了，笑道：『正是呢。我怕你們高興，我走了，又怕掃了你們的興。既這樣說，咱們就都去罷。』回頭又吩咐湘雲：『別讓你寶哥哥、林姐姐多吃了。』湘雲答應着。又囑咐湘雲、寶釵二人說：『你兩個也別吃了。那東西雖好吃，不是什麼好的，吃多了肚子疼。』二人忙應着送出園外，仍舊回來，命將殘席收拾了另擺。寶玉道：『也不用擺，咱們且作詩。把那大團圓桌子放在當中，酒菜都放着。也不必拘定座位，有愛吃的去吃，大家散坐，豈不便宜？』寶釵道：『這話極是。』湘雲道：『雖如此說，還有別人。』因又命另擺一桌，揀了熱螃蟹來，請襲人、紫鵑、司棋、待書、入畫、鶯兒、翠墨等一處共坐。山坡桂樹底下鋪下兩條花氈，命答應的婆子并小丫頭等也都坐了，衹管隨意吃喝，等使喚再來。

湘雲便取了詩題，用針綰在牆上。衆人看了，都說：『新奇，新奇！衹怕作不出來。』湘雲又把限韵的原故說了一番，寶玉道：『這才是正理，我也最不喜限韵。』林黛玉因不大吃酒，又不吃螃蟹，自命人掇了一個綉墩，倚欄坐着，拿了釣竿釣魚。寶釵手裏拿着一枝桂花玩了一會，俯在窗檻上掐了桂花擲向水面，引游魚浮上來唼喋。湘雲出一會神，又讓一回襲人等，又招呼山坡下的衆人祇管放量吃。探春和李紈、惜春立在垂柳陰中看鷗鷺。迎春又獨在花陰下拿着花針穿茉莉花。看他各人各式，如畫家有攢三聚五，疏疏密密，真是一幅百美圖。寶玉又看了一會黛玉釣魚，一會又擠在寶釵旁邊說笑兩句，一會又看襲人等吃螃蟹，自己也陪他飲兩口酒；襲人又剝一殼肉給他吃。

黛玉放下釣竿，走至座間，拿起那烏銀梅花自斟壺來，非寫壺，正寫黛玉。揀了一個小小的海棠凍石蕉葉杯。『揀』字有神理。蓋黛玉不善飲，此天性也。丫鬟看見，知他要飲酒，忙着走上來斟。黛玉道：『你們祇管吃去，讓我自己斟，才有趣兒。』說着便斟了半盞，看時卻是黃酒，因說道：『我吃了一點子螃蟹，覺得心口微微的疼，須得熱熱的吃口燒酒。』寶玉忙道：『有燒酒。』便命將那合歡花浸的酒燙一壺來。庚：傷哉！作者猶記矮頫舫前以合歡花釀酒乎？屈指二十年矣！黛玉也祇吃了一口便放下了。寶釵也走過來，另拿一個杯來，也飲了一口放下，便蘸筆至牆上把頭一個《憶菊》勾了，底下又贅了一個『蘅』字。妙極，韵極！寶玉忙道：『好姐姐，第二個我已經有了四句了，你讓我作罷。』寶釵笑道：『我好容易有了一首，你就忙的這樣。』黛玉也不說話，接過筆來，把第八個《問菊》勾了，接着把第十一個《菊夢》也勾了，寫一個『瀟』字。這兩個妙題，料定黛玉必喜，豈肯讓他人作去？寶玉也拿起筆來，將第二個《訪菊》也勾了，也寫上一個『紅』字。探春走來看看道：『竟無人作《簪菊》，讓我作這《簪菊》。』又指着寶玉笑道：『才宣過，總不許帶出閨閣字樣來，你可要留神。』說着，祇見湘雲走來，將第四、第五《對菊》《供菊》一連兩個都勾了，也寫上一個『湘』字。探春道：『你也該起個號。』湘雲笑道：『我們家如今雖有幾個軒館，我又不住着，借了來也沒趣。』近之不讀書者愛起一別號，可笑，可笑！寶釵笑道：『方才老太太說，你們家也有這個水亭，叫「枕霞閣」，難道不是你的？如今雖沒了，你到底是舊主人家。』衆人都道有理，寶玉不待湘雲動手，便代將『湘』字抹了，改了一個『霞』字。又有頓飯工夫，十二題已全，各自寫出來，都交與迎春，另拿了一張薛濤箋過來，一并寫錄出來，某人作的底下寫明某人的號。李紈等從頭看道：

憶菊　蘅蕪君　庚：真用此號，妙極！

悵望西風抱悶思，蓼紅葦白斷腸時。

空籬舊圃秋無迹，瘦月〔九〕清霜夢自知〔十〕。
念念心隨歸雁遠，寥寥坐聽晚砧痴〔十一〕，
誰憐我爲黃花病，慰語重陽會有期。

訪菊

怡紅公子

閑趁霜晴試一游，酒杯茶盞〔十二〕莫淹留。
霜前月下誰家種，檻外籬邊何處秋。
蠟屐遠來情得得，冷吟不盡興悠悠。
黃花若許〔十三〕憐詩客，休負今朝挂杖頭。

種菊

怡紅公子

携鋤秋圃自移來，籬畔庭前處處栽。

昨夜不期經雨活，今朝猶喜帶霜開。
冷吟秋色詩千首，醉酹寒香酒一杯。
泉溉泥封勤護惜，好知三徑〔十四〕絶塵埃。

對菊 枕霞舊友

别圃移來貴比金，一叢淺淡一叢深。
蕭疏籬畔科頭坐，清冷香中抱膝吟。
數去更無君傲世，看來惟有我知音。
秋光荏苒休辜負，相對原宜惜寸陰。

供菊 枕霞舊友

彈琴酌酒喜堪儔，幾案婷婷點綴幽。

隔座香分三徑露，抛書人對一枝秋。
霜清紙帳來新夢，圃冷斜陽憶舊游。
傲世也因同氣味，春風桃李未淹留。

咏菊

瀟湘妃子

無賴詩魔昏曉侵，繞籬欹石自沉音。
毫端運秀臨霜寫，口底噙香對月吟。
滿紙自憐題素怨，片言誰解訴愁心〔十五〕。
一從陶令平章後，千古高風説到今。

畫菊

蘅蕪君

詩餘戲筆不知狂，豈是丹青費較量。

聚葉潑成千點墨，攢花染出幾痕霜。
淡濃神會風前影，跳脱秋生腕底香。
莫認東籬閑采掇，粘屏聊以慰重陽。

問菊

瀟湘妃子

欲訊秋情衆莫知，漫將幽意〔十六〕叩東籬。
孤標傲世偕誰隱，一樣開花〔十七〕爲底遲？
圃露庭霜何寂寞，鴻歸蛩病可相思？
休言舉世無談者，解語何妨話片時〔十八〕。

簪菊

蕉下客

瓶供籬栽日日忙，折來休認鏡中妝。

長安公子因花癖，彭澤先生是酒狂。
短鬢冷沾三徑露，葛巾香染九秋霜。
高情不入時人眼，拍手憑他笑路旁。

菊影

枕霞舊友

秋光疊疊復重重，潛度偷移三徑〔十九〕中。
窗隔疏燈描遠近，籬篩破月鎖玲瓏。
寒芳留照魂應駐，霜印傳神夢也空。
珍重暗香休踏碎，憑誰醉眼認朦朧。

菊夢

瀟湘妃子

籬畔秋酣一覺清，和雲伴月不分明。

登仙非慕莊生蝶，憶舊還尋陶令盟。
睡去依依隨雁斷，驚回故故惱蛩鳴。
醒時幽怨同誰訴，衰草寒烟無限情。

殘菊 蕉下客

露凝霜重漸傾欹，宴賞才過小雪時。
蒂有餘香金淡泊，枝無全葉翠離披。
半床落葉蛩聲病，萬裏寒雲雁陣遲。
明歲秋風知有會〔二十〕，暫時分手莫相思。

衆人看一首，贊一首，彼此稱揚不絕。李紈笑道：『等我從公評來。通篇看來，各有各人的警句。今日公評：《咏菊》第一，《問菊》第二，《菊夢》第三。題目新，詩也新，立意更新，怨不得要推瀟湘妃子為魁；

然後《簪菊》《對菊》《供菊》《畫菊》《憶菊》次之。』寶玉聽說，喜的拍手叫：『極是，極公道。』黛玉道：『我那首也不好，到底傷于纖巧些。』李紈道：『巧的卻好，不露堆砌生硬。』黛玉道：『據我看來，頭一句好的是「圃冷斜陽憶舊游」這句，背面轉至「拋書人對一枝秋」，已經妙極，將供菊說完，沒處再說，故又回來，想到未折未供之先，意思深遠。』李紈道：『固如此〔二二〕說，你的「口底噙香」一句也敵過了。』探春又道：『到底要算蘅蕪君「秋無迹」「夢自知」，把個憶字竟烘染出來了。』寶釵笑道：『你的「短鬢冷沾」「葛巾香染」，也就把簪菊形容的一個縫兒也沒了。』湘雲笑道：『「偕誰隱」「為底遲」，真個把個菊花問的無言可對。』李紈笑道：『你的「科頭坐」「抱膝吟」，竟一時也捨不得離開，菊花有知，也必膩煩了。』說的大家都笑了。寶玉笑道：『我又落第。難道「誰家種」「何處秋」「蠟屐遠來」「冷吟不盡」，都不是訪，「昨夜雨」「今朝霜」，都不是種不成？但恨敵不上「口底噙香對月吟」「清冷香中抱膝吟」「短鬢」「葛巾」、「金淡泊」「翠離披」「秋無迹」「夢自知」這幾句罷了。』寶玉不及。又道：『明日閑了，我一個人作出十二首來。』李紈道：『你的也好，衹是不及這幾句新巧就是了。』

大家又評了一會，復又要了熱蟹來，就在大圓桌子上吃了一會。寶玉笑道：『今日持螯賞桂，亦不可無詩。庚：全是他忙，全是他不及，妙極！我已吟成，誰還敢作呢？』說着，便忙洗了手提筆寫出。且莫看詩，祇看他于詩後又寫詩，豈世人想的到的？奇極，怪極！

衆人看道：

食螯

持螯更喜桂陰凉，潑醋擂姜興欲狂。
饕餮王孫應有酒，横行公子却無腸。
臍間積冷饞忘忌〔二三〕，指上沾腥洗尚香。
原爲世人美口腹，坡仙曾笑一生忙。

黛玉笑道：『這樣的詩，要一百首也有。』可有這一説。寶玉笑道：『你這會子才力已盡，不説不能作了，還貶人家。』黛玉聽了，并不答言，也不思索，提起筆來一揮，已有了一首。衆人看道：

鐵甲長戈死未忘，堆盤色相喜先嘗。

螯封嫩玉雙雙滿，殼凸紅脂塊塊香。
多肉更憐卿八足，助情誰勸我千觴。不脱自己身份。
對斟佳品酬佳節，桂拂清風菊帶霜。

寶玉看了正喝彩，黛玉便一把撕了，命人燒去，因笑道：『我作的不及你的，我燒了他。你那詩很好，比方才的菊花詩還好，你留着他給人看。』寶釵接着笑道：『我又勉強了一首，未必好，寫出來取笑兒罷。』說着也寫了出來。大家看時，寫道是：

桂靄桐陰坐舉觴，長安涎口盼重陽。
眼前道路無經緯，皮裏春秋空白黄〔二三〕。

看到這裏，衆人不禁叫絕。寶玉道：『寫得痛快！我的詩也該燒了。』又看底下道：

酒未敵腥〔二四〕還用菊，性防積冷定須姜。
于今落釜成何益，月浦空餘禾黍香。

衆人看畢，都說是：食螃蟹這些小題目，原要寓大意才算是大才，祇是諷刺世人太毒了些。說着，祇見平兒復進園來。不知做什麼，且聽下回分解。

總評

請看此回中，閨中兒女能作此等豪情韵事，且筆下各能自盡其性情，毫不乖舛，作者之錦心綉口無庸賛瀆。其用意之深，奬勸之勤，讀此文者亦不得輕忽，戒之。

校記

〔一〕此處的『棵』字，原文爲『顆』，校者改。

〔二〕原文無『的』字，據庚辰本補。

〔三〕此處的『茶筅』二字，原文爲『茶洗』，據庚辰本改。

〔四〕原文無『我』字，據庚辰本補。

〔五〕此處的『央』字，原文爲『笑』，據庚辰本改。

〔六〕原文無『就』字，據庚辰本補。

〔七〕原文無『兒』字，據庚辰本補。
〔八〕原文無『了』字，據庚辰本補。
〔九〕此處的『瘦月』二字，原文爲『瘦損』，據庚辰本改。
〔十〕此處的『夢自知』三字，蒙府本與此同，庚辰本爲『夢有知』。
〔十一〕此處的『痴』字，原文爲『遲』，據蒙府本改。
〔十二〕此處的『酒杯茶盞』四字，蒙府本與此同，庚辰本爲『酒杯藥盞』。
〔十三〕此處的『若許』二字，蒙府本與此同，庚辰本爲『若解』。
〔十四〕此處的『三徑』二字，庚辰本爲『井徑』，蒙府本原爲『井徑』，後將『井』字塗改爲『三』。
〔十五〕此處的『訴愁心』三字，蒙府本與此同，庚辰本爲『訴秋心』。
〔十六〕此處的『漫將幽意』四字，蒙府本與庚辰本均爲『喃喃負手』。
〔十七〕此處的『開花』二字，蒙府本與此同，庚辰本爲『花開』。
〔十八〕此處的『話片時』三字，蒙府本與此同，庚辰本爲『片語時』。
〔十九〕此處的『三徑』二字，原爲『山徑』，據庚辰本改。
〔二十〕此處的『知有會』三字，蒙府本與此同，庚辰本爲『知再會』。
〔二一〕此處的『如此』二字，原文爲『是』，據庚辰本改。
〔二二〕此處的『纔忘忌』三字，原文爲『才忘忌』，據庚辰本改。

〔二三〕此處的『空白黄』三字，蒙府本與庚辰本均爲『空黑黄』。

〔二四〕此處的『敵腥』二字，原文爲『敲醒』，據庚辰本改。

第三十九回　村老嫗是信口開河　痴情子偏尋根究底

【回前】祇爲貧寒不揀行，富家趨入且逢迎。豈知着意無名利，便是三才最上乘。

話說衆人見平兒來了，都說：『你們奶奶做什麼呢，怎麼不來了？』平兒笑道：『他那裏得空兒來？因為說沒有好生吃，又不得來，所以叫我來問還有沒有，叫我要幾個拿了家去吃罷。』湘雲道：『有，多着呢。』忙命人拿了十個極大的。平兒道：『多拿幾個團臍的。』衆人又拉平兒坐，平兒不肯。李紈拉着笑道：『偏要你坐。』拉着他身旁坐下，端了一杯酒送到他嘴邊。平兒忙喝了一口就要走，李紈道：『偏不許你去。顯見得祇有鳳丫頭，就不聽我的話了。』說着又命嬷嬷們：『先送了盒子去，就說我留下平兒了。』那婆子一時拿了盒子回來說：『二奶奶，叫奶奶和姑娘們別笑話要嘴吃。這個盒子裏是方才舅太太那裏送來的菱粉糕和鷄油捲兒，給奶奶、姑娘們吃的。』又向平兒道：『說使喚你來你就貪住玩不去了，勸你少喝一杯兒罷。』平兒笑道：『多喝了，又把我怎麼樣？』一面說，一面衹管喝，又吃螃蟹。李紈拉着他笑道：『可惜這麼個好體面模樣兒，命卻平常，衹落得屋裏使喚。不知道的人，誰不拿你當作奶奶太太看。』

平兒一面和寶釵、湘雲等吃喝，一面回頭笑道：『奶奶，別衹管摸的我怪癢的。』李氏道：『哎喲！這硬的是什麼？』平兒道：『鑰匙。』李氏道：『什麼鑰匙？要緊體己東西怕人偷了去，卻帶在身上。我成日家和人說笑，有個唐僧取經，就有個白馬來馱他；劉智遠打天下，就有個瓜精來送盔甲；有個鳳丫頭，就有個你。你就是你奶奶的一把總鑰匙，還要〔二〕這鑰匙做什麼？』平兒笑道：『奶奶吃了酒，又拿了我來打趣着取笑兒了。』寶釵笑道：『這倒是真話。我沒事評論起人來，你們這幾個都是百個裏頭挑不出二個來的，妙在各人有各人的好處。』李紈道：『大小都有個天理。譬如老太太屋裏，要沒那個鴛鴦，如何使得？從太太起，那一個敢駁老太太的回，他現敢駁回。偏老太太衹聽他一個人的話。老太太的那些穿戴的，別人不記得，他都記得，要不是他經管着，不知叫人誆騙了多少去呢！那孩子心也公道，雖然這樣，倒常替人說好話兒，還倒不依勢欺人的。』惜春笑道：『老太太昨日還說呢，他比我們還強呢。』平兒道：『那原是個好的，我們那裏比的上他？』寶玉道：『太太屋裏的彩霞，是個老實人。』探春道：『可不，外頭老實，心裏有數兒。太太是那麼佛爺似的，事情上不留心，他都知道。凡百一應事都是他提着太太醒。連老爺在家出外去一應大小事，他都知道。太太忘了，他背後告訴太太。』李紈道：『那也罷了。』指着寶玉道：『這一個小爺屋裏要不是襲人的度量，到個什麼田地！鳳丫頭就是楚霸王，也得這兩祇膀子，好舉千斤鼎。他不是這丫頭，就得這麼周到了！』平兒笑道：『先時陪了四個丫頭，死的死，去的去，祇剩下我一個孤鬼了。』李紈道：『你倒是有造化的，鳳丫頭也是有造化的。想當初，你珠大爺在日，何曾也沒兩個人。你們看我還是那容不下人的？天天祇見他兩個不自在。所以你珠大爺一沒了，趁年輕我都打發了。若有一個守得住，我到有個膀臂。』說着滴下淚來。衆人都道：『又何必傷心，不如散了到好。』說着便都洗了手，大家約往賈母、王夫人處問安。衆婆子、丫頭打掃亭子，收拾杯盤。

襲人和平兒同往前去，讓平兒到房裏坐坐，便問道：『這個月的月錢，為什麼還不放？』平兒見問，忙悄悄說道：『遲兩天就放了。這個月的月錢，我們奶奶早已支了，放給人使呢。等利錢收齊了，才放呢。你可不許告訴一個人去。』襲人笑道：『他難道還短錢使！何苦還操這心？』平兒笑道：『這幾年拿着這一項銀子——他的公費、月例放出去——利錢一年不到，上千的銀子呢。』襲人笑道：『拿着我們的錢，你們主子、奴才賺利錢，哄的我們呆等。』平兒道：『你又說沒良心的話，難道還少錢使？』襲人道：『我雖不少，衹是我也沒地方使去，就衹預備我們那一個。』平兒道：『你倘若有要緊的〔二〕事，用銀錢使，我那裏還有幾兩銀子，你先拿來使，明日我扣下你的就是了。』襲人道：『此時也用不着，怕一時要用起來不夠了，我打發人去取就是了。』

平兒答應着，一徑出了園門，來至家内，衹見鳳姐兒不在房裏。忽見上回來打抽豐的那劉姥姥和板兒又來了，坐在那邊屋裏，還有張材家的、周瑞家的陪着，又有兩三個丫頭在地下倒口袋裏的棗子、倭瓜并些野菜。衆人見他進來，都忙站起來了。（上回是先見平兒，後見鳳姐，此又不同，何錯綜巧妙，得情得理之至耶？妙，妙！）劉姥姥因上次來過，知道平兒的身份，忙跳下地來問『姑娘好』，又說：『家裏都問好。早要來請姑奶奶的安，看姑娘來的，因為莊家忙。好容易今年多打了兩石糧食，瓜果、菜蔬也豐盛。這是頭一起摘下來的，并沒敢賣呢，留的尖兒孝敬姑奶奶、姑娘們嘗嘗。姑娘們天天山珍海味的也吃膩了，這個吃個野意罷，也算是我們的窮心。』平兒忙道：『多謝費心。』又讓坐，自己也坐了。又讓張嬸子、周大娘，又命小丫頭倒茶去。周瑞、張材兩家的因笑道：『姑娘今日臉上有些春色，眼睛圈兒都紅了。』平兒笑道：『可不是。我原是不吃的，大奶奶和姑娘們衹是拉着死灌，不得已喝了兩杯，臉就紅了。』張材家的笑道：『我倒想着要吃呢，又沒人讓我。明日再有人請姑娘，可帶了我去罷。』說着大家都〔三〕笑了。周瑞家的道：『早起我就看見那螃蟹了，一斤祇好稱了兩個、三個。這麼兩三大簍，想是有七八十斤呢。』周瑞家的又道：『若是上上下下，祇怕還不夠。』平兒道：『那裏夠，不過都是有名兒的吃兩個子。那些散衆的，也有摸的着的，也有摸不着的。』劉姥姥道：『這樣螃蟹，今年就值五分一斤。十斤五錢，五五二兩五，三五一十五，再搭上酒菜，一共倒有二十多兩銀子。阿彌陀佛！這一頓的錢夠我們莊家人過一年的了。』平兒因問：『想是見過奶奶了？』（寫平兒伶俐如此。）劉姥姥道：『見過了，叫我們等着呢。』說着又往窗外看天色，（是八月中，當開窗時，細致之甚也。）說道：『天好早晚了，我們也去罷，別出不去城才是饑荒呢！』周瑞家的道：『這話倒是，我替你瞧瞧去。』說着一徑去了，半日方來，笑道：『可是你老的福來了，竟投了這兩人的緣了。』平兒等問怎麼樣，周瑞家的道：『二奶奶在老太太跟前呢。我原是悄悄的告訴二奶奶：「劉姥姥要家去呢，怕晚了趕不出城去。」二奶奶說：「大遠的，難為他扛了些沉東西，晚了就住一夜明日去罷。」這可不投上二奶奶的緣了。這也罷了，偏生老太太又聽見了，問劉姥姥是誰，二奶奶便回明白了。老太太說：「我正想個積古的老人家說話兒，請了來見一見。」這可不是想不到天上緣分了。』說着，催劉姥姥下來前去。劉姥姥道：『我這生像兒怎好見的？好嫂子，你就說我去了罷。』平兒忙道：『你快去罷，不怕的。我們老太太最是惜老憐貧的，比不得那個拿三作四的那些人。想是你怯上，我和周大娘送你去。』說着，同周瑞家的，隨了劉姥姥往賈母這邊來。

二門口該班的小廝們見了平兒出來，都站了起來，有兩個又跑上來，趕平兒叫『姑娘』。想這一個『姑娘』非下稱上之姑娘也。按：北俗以姑母曰姑姑，南俗曰姑娘，此定是姑姑、姑娘之稱。每見大家有小童稱少主妾曰姑姑、姑娘者。◎按：此書中千人說話語氣及動用器物飲食諸類，皆東西南北互相兼用，此姑娘之稱，亦南北相兼而用者無疑矣。平兒又問：『說什麼？』那小廝笑道：『這回子也好早晚了，我媽病，等着我請大夫。好姑娘，我討半日假可使的？』平兒道：『你們倒好，都商議定了，一天一個告假，又不回奶奶，祇和我胡纏。前日住兒去了，二爺偏生叫他，叫不着，我應起了，還說我作了情。你今又來了。』庚：分明幾回没寫到賈璉，今忽閑中一語，便補得賈璉這邊天天熱鬧，令人却如看見、聽見一般，所謂『不寫之寫』也。劉姥姥眼中、耳中又一番識面，奇妙之甚！周瑞家的道：『當真的他媽病了，姑娘也替他應着，放了他罷。』平兒道：『明日一早來。聽着，我還要使你呢，再睡的日頭曬着屁股才來！你這一去，帶個信兒給旺兒，就說奶奶的話，問着他那剩的利錢。明兒若不交了來，奶奶也不要了，就越性送他使罷。』交代過襲人的話，看他比鳳姐又甚一層，李紈之語不謬也。不知阿鳳何福得此一人。那小廝歡天喜地答應去了。

平兒等來至賈母房中，彼時大觀園中姊妹們都在賈母前承奉。連寶玉一并算入姊妹隊中了。妙極！劉姥姥進去，祇見滿屋裏珠圍翠繞，花枝招展，并不知都系何人。祇見一張榻上歪着一位老婆婆，身後坐着一個紗羅裏的美人一般的個丫鬟，在那裏捶腿，鳳姐兒站着正說笑。奇文！都在劉姥姥眼中，以爲阿鳳至尊至貴，凡天下人都該站着，阿鳳獨坐才是，如何今見阿鳳獨站着哉？真正極妙文字！劉姥姥便知是賈母了，忙上來賠着笑，福了幾福，口裏說：『請老壽星安。』更妙！不知賈母之號何其多耶？衆人曰『老太太』，阿鳳曰『老祖宗』，僧曰『老菩薩』，姥姥曰『老壽星』，却似衆人，想去則皆賈母，難得如此則各盡其妙。賈母亦忙欠身問好，又命周瑞家的端過椅子來讓坐着。那板兒仍是怯人，不知問候。『仍』字妙，蓋有上文故也。不知教訓者來看此句。賈母道：『老親家，你今年多大年紀了？』庚：神妙之極！看官至此，必愁賈母以何相稱，誰知公然曰『老親家』，何等現成，何等大方，何等有情理。若雲作者心中編出，余斷斷不信，何也？蓋編得出者，斷不能有這等情理。劉姥姥忙起身答道：『今年七十五了。』賈母向衆人道：『這麼大年紀了，還這麼健朗（四）。比我大好幾歲呢。我要到這麼大年紀，還不知怎麼動不得呢。』劉姥姥笑道：『我們生來是受苦的人，老太太生來是享福的。若我們也這樣，那些莊家活也沒人作了。』賈母道：『眼睛、牙齒都還好？』劉姥姥道：『都還好，就是今年左邊的槽牙活動了。』賈母道：『我老了，都不中用了，眼也花，耳也聾，記性也沒了。你們這些老親戚，我都不記得了。親戚們來了，我怕人笑我，我都不會，不過嚼的動的吃兩口，睡一覺，悶了時和這些孫子、孫女兒玩笑一會就完了。』劉姥姥笑道：『這正是老太太的福了。我們想這麼着，不能。』賈母道：『什麼福，不過是個老廢物罷了。』說的大家都笑了。賈母又笑道：『我才聽見鳳姐兒說，你帶了好些瓜菜來，叫他快收拾去，我正想個地裏現摘的瓜兒、菜兒吃。外頭買的，不像你們田地裏的好吃。』劉姥姥笑道：『這是野意兒，不過吃個新鮮。依我們想魚肉吃，衹是吃不起。』賈母又道：『今日既認着親，別要空空的就去。不嫌我這裏，就住一兩天再去。我們也有個園子，園子裏頭也有果子，你明日也嘗嘗，帶些家去，也算看親戚一趟〔五〕。』鳳姐兒見賈母歡喜，也忙留道：『我們這裏雖不比你們的場院大，空屋子還有兩間。你住兩天，把你們那裏新聞故事兒說些與我們老太太聽聽。』賈母笑道：『鳳丫頭別和他取笑。他是鄉村裏的人，老實，那裏擱的住你打趣他。』說着，又命人去先抓果子與板兒吃，板兒見人多了，又不敢吃。賈母又命拿些錢給他，叫小幺兒們帶他外頭玩去。劉姥姥吃了茶，便把些鄉村中所見所聞的事情說與賈母，賈母越發得了趣味。正說着，鳳姐兒便命人來請劉姥姥吃晚飯。賈母又將自己的菜揀了幾樣，命人送過去與劉姥姥吃。

鳳姐知道合了賈母的心，吃了飯便又打發過來。鴛鴦忙命老婆子帶了劉姥姥去洗了澡，自己挑了兩件隨常的衣服命給劉姥姥換上。鴛鴦身份寫出來了。◎庚：一段鴛鴦身份、權勢、心機，衹（原作口）寫賈母也。那劉姥姥那裏見過這般行事，忙換了衣裳出來，坐在賈母榻前，又搜尋些話出來說。彼時寶玉姊妹們也都在這裏坐着，他們何曾聽見過這些話，自覺比那些瞽目先生們說的書還好聽些。那劉姥姥雖是個村野人，卻生的有些見識，況且年紀老了，世情上經歷過的，見頭一個賈母高興，第二見這些哥兒們都愛聽，便沒了話，也編出些話來講。因說道：『我們村莊上種果、種地，每年、每日，春夏秋冬，風裏雨裏，那裏有個坐着的空兒，天天都是在那地頭子上作歇馬涼亭，什麼奇奇怪怪的事不見呢。就像去年冬天，接連下了幾天雪，地下壓了三四尺深。我那日起的早，還沒出房門，祇聽外頭柴草響。我想着必定是有人抽柴草來了。我爬着窗戶眼兒〔六〕裏一瞧，卻不是我們村莊的人。』賈母道：『必定是過路的客人們冷了，見現成的柴，抽些烤火去也是有的。』劉姥姥笑道：『也并不是客人，所以說來奇怪。老壽星當個什麼人？原來是一個十七八歲的極標致的一個小姑娘，梳着溜油光的頭，穿着大紅襖兒，白綾裙兒……』劉姥姥口氣如此。才說到這裏，忽聽外面人吵嚷起來，又說：『不相幹的，別唬着老太太。』賈母等聽了，忙問：『怎麼了？』丫鬟回說：『南院馬棚裏走了水，不相幹，已經救下去了。』賈母最膽小的，聽了這話，忙起身扶了人出至廊下來瞧，祇見東南上火光猶亮，唬的口內念佛，忙命人去火神跟前燒香。王夫人等也忙過來請安，又回說：『已經下去了，老太太請進房去罷。』賈母看着真的火光息了，方領衆人進來。庚：一段爲後回作引，然偏于寶玉愛聽時截住。 寶玉且忙着問劉姥姥：『那女孩兒大雪地裏做什麼抽柴草？倘或凍出病來呢？』賈母道：『都是才說抽柴草惹出火來了，你還問呢。別說這個了，再說別的罷。』寶玉聽說，心裏雖不樂，也衹得罷了。劉姥姥便又想了一篇話，說道：『我們莊子東邊莊上，有個老奶奶子，今年九十多歲了。他天天吃齋念佛，誰知就感動了觀音菩薩夜裏來托夢說：「你這樣虔心，原本你該絕後的，如今奏了玉皇，給你一個孫子。」原來這老奶奶衹有一個兒子，這兒子也衹一個兒子，好容易養到十七八歲上死了，哭的什麼似的。後來果然養了一個，今年才十三四歲，生的雪團一般，聰明伶俐非常。可見這些神佛是有的。』

這一席話，正（七）合了賈母、王夫人的心事，連王夫人也都聽住了。

寶玉心中衹記挂着抽柴的故事，因悶悶的（八）心中籌畫。探春因問他：『昨日擾了史大妹妹，咱們回去商議着邀一社，又還了席，請老太太賞菊花，何如？』寶玉道：『老太太說了，還要擺酒還史妹妹的席，叫咱們作陪呢。等吃了老太太的，咱們再請不遲。』探春道：『越往前去越冷了，老太太未必高興。』寶玉道：『老太太又喜歡下雨、下雪的。不如咱們等下頭場雪，請老太太賞雪豈不好？咱們雪下吟詩，也更有趣了。』林黛玉忙笑道：『咱們雪下吟詩？依我說，還不如弄一捆柴火，雪下抽柴，還更有趣兒呢。』說着，寶釵等都笑了。寶玉看了他一眼，也不答話。

一時散了，背地裏寶玉真的拉了劉姥姥，細問那女孩是誰。劉姥姥衹得編了告訴他道：『那原是我們莊北沿地埂子上有一個小祠堂裏供的，不是神佛，當先有個什麼老爺……』說着又想名姓。寶玉道：『不拘什麼名姓，你不必想了，衹說原故就是了。』劉姥姥道：『這老爺沒兒子，衹有一位小姐，名叫茗玉。小姐知書識字，老爺、太太愛如珍寶。可惜這茗玉小姐生到十七歲，一病死了。』寶玉聽了，跌足嘆息，又問後來怎麼樣。劉姥姥道：『因為老爺、太太思念不盡，便蓋了這祠堂，塑了這茗玉小姐的像，派了人燒香撥火。如今日久年深的，人也沒了，廟也爛了，那像就成了精。』寶玉忙道：『不是成精，規矩這樣人是雖死不死的。』劉姥姥道：『阿彌陀佛！原來如此。不是哥兒說，我們都當他成精。他時常變了人出來。各村莊店道上閑逛。』我才說這抽柴火的就是他了。我們村莊上的人還商議着要打了塑像平了廟呢。』寶玉忙道：『快別如此。若平了廟，罪過不小。』劉姥姥道：『幸虧哥兒告訴我，我明日回去攔住他們就是了。』寶玉道：『我們老太太、太太都是善人，合家大小都好善喜捨，最愛修廟塑神的。我明日做一個疏頭，替你化些布施，你做香頭，攢了錢把這廟修蓋，再裝塑了泥像，每月給你香火錢燒香豈不好？』劉姥姥道：『若這樣，我托那小姐的福，也有幾個錢使了。』寶玉又問他地名、莊名，來往遠近，坐落何方。劉姥姥便順口胡謅了出來。

寶玉信以為真，回至房中，盤算了一夜。次日一早，便出來給了茗烟幾百錢，按着劉姥姥說的方向、地名，着茗烟去先踏看，明日回來，再做主意。那茗烟去後，寶玉左等也不來，右等也不來〔九〕，急的熱鍋上的螞蟻一般。好容易等到日落，方見茗烟興興頭頭回來。寶玉忙問：『可有廟了？』茗烟笑道：『爺聽的不明白，要我好找。那地名坐落不似爺說的一樣，所以找了一日，找到東北上田埂子上才有一個破廟。』寶玉聽說，喜的眉開眼笑，忙說道：『劉姥姥有年紀的人，一時錯記了也是有的。你且說你見的。』茗烟道：『那廟門却倒是朝南開的，也是稀破的。我找的正沒好氣，一見這個，我說「可好了」，連忙進去。一看泥胎，唬的我跑出來了，活似真的一般。』寶玉喜的笑道：『他能變化人了，自然有些生氣。』茗烟拍手道：『那裏有什麼女孩兒，竟是一位青臉紅發的瘟神爺。』寶玉聽了，啐了一口，罵道：『真是一個無用的殺材〔十〕！這點子事也幹不來。』茗烟道：『二爺又不知看了什麼書，或者聽了誰的混話，信真了，把這件沒頭腦的事派我去磕頭，怎麼說我沒用呢？』寶玉見他急了，忙撫慰〔十一〕他道：『你別急。改日閑了你再找去。若是他哄我們呢，自然沒了；若竟是有的，你豈不也積了陰騭。我必重重賞你。』正說着，衹見二門上的小廝來說：『老太太房裏的〔十二〕姑娘們，站在二門口找二爺呢。』且聽下回分解。

總評

此回第一寫勢力之好財，第二寫窮苦趨勢之求財，且文章不得雷同。先既有詩社，而今不得不用套坡公聽鬼之遺事，以振其餘響，即此以點染寶玉之痴。其文真如環轉，無端倪可指。

校記

〔一〕此處的『還要』二字，原文爲『不要，還要』，據庚辰本删去『不要』二字。
〔二〕原文無『的』字，據庚辰本補。
〔三〕原文無『都』字，據庚辰本補。
〔四〕此處的『健朗』二字，原文爲『健浪』，據己卯本改。
〔五〕此處的『一趟』二字，原文爲『一淌』，校者改。
〔六〕此處的『窗户眼兒』四字，原文爲『窗兒』，據庚辰本改。
〔七〕此處的『正』字，原文爲『是』，據蒙府本改。

〔八〕此處的『悶悶的』，原文爲『悶的』，據庚辰本改。
〔九〕原文無『右等也不來』句，據己卯本補。
〔十〕此處的『殺材』二字，庚辰本爲『殺才』。
〔十一〕此處的『撫慰』二字，原文爲『俯慰』，據列藏本改。
〔十二〕此處的『老太太房裏的』數字，原文爲『老太太的房裏』，據庚辰本改。

第四十回　史太君兩宴大觀園　金鴛鴦三宣牙牌令

【回前】兩宴不覺已深秋，惜春祇如畫春游。可憐富貴誰能保，祇有恩情得到頭。

話說寶玉聽了，忙進來看時，祇見琥珀站在屏風跟前說：『快去吧，立等你說話呢。』寶玉來至上房，祇見賈母正和王夫人、衆姊妹商議給史湘雲還席。寶玉因說道：『我有主意：既沒有外客，吃的東西也別定了樣數，誰平日愛吃的揀樣兒做幾樣；也不要按桌席，每人跟前擺一張高幾，各人愛吃的東西一兩樣，再一個什錦攢心盒子，自斟壺，豈不別致。』賈母聽了，說：『很是。』命人傳與廚房：『明日就揀我們愛吃的東西做了，按着人數，再裝了盒子。早飯也擺在園裏吃。』商議之間早又掌燈，一夕無話。

次日清早起來，可喜這日天氣晴朗。李紈清晨先起來，看着老婆子、丫頭們掃那些落葉，八月盡的光景。并擦抹桌椅，預備茶酒器皿。祇見豐兒帶了劉姥姥、板兒進來，說：『大奶奶倒忙的緊。』李紈笑道：『我說你昨兒去不成，衹忙着要去。』劉姥姥笑道：『老太太留下我，叫我也熱鬧一天去。』豐兒拿了幾把大小鑰匙，說道：『我們奶奶說了，外頭的高幾恐不夠使，不如開了樓，把那收着〔一〕的拿下來使一天罷。奶奶原該親自來的，因和太太說話呢，請大奶奶開了，帶着人搬罷。』李氏便命素雲接了鑰匙，又命婆子出去把二門上的小廝叫幾個來。李氏站在大觀樓下往上看，令人上去開了綴錦閣，一張一張往下抬。小廝、老婆子、丫頭一齊動手，抬了二十多張下來。李紈道：『好生着，別慌慌張張鬼趕來似的，仔細碰了牙子。』又回頭向劉姥姥笑道：『姥姥，也上去瞧瞧。』劉姥姥聽說，巴不得一聲兒，便拉了板兒登梯上去。進至裏面，衹見烏壓壓的堆着些圍屏、桌椅、大小花燈之類，雖不大認得，衹見五彩炫〔二〕耀，各有奇妙。念了一聲佛，便下來了。然後鎖上門，一齊才下來。李紈道：『恐怕老太太高興，越性把船上劃子、篙槳、遮陽幔子都搬下來預備着。』衆人答應，又復開了，色色的搬了下來。命小廝傳駕娘們到船塢裏撑出兩衹船來。

正亂着安排，衹見賈母已帶了一群人進來了。李紈忙迎上去，笑道：『老太太高興，倒進來了。我衹當還沒梳頭呢，才擷了菊花送去。』一面說，一面碧月早捧過一個大荷葉式的翡翠盤子來，裏面盛着〔三〕各色的折枝菊花。賈母便揀了一朵大紅的簪了鬢上。因回頭看見了劉姥姥，忙笑道：『過來帶花兒。』一語未完，鳳姐便拉過劉姥姥來，笑道：『讓我打扮你老人家。』說着，將一盤子花橫三豎四的插了一頭。賈母和衆人笑的不住，劉姥姥笑道：『我這頭也不知修了什麼福，今日這樣體面起來。』衆人笑道：『你還不拆下來摔到他臉上呢，把你打扮的成了個老妖精了。』劉姥姥笑道：『我雖老了，年輕時也風流，愛個花兒的，今日老風流才好！』

說笑之間，來至沁芳亭子上。丫鬟們抱了一個大錦褥子來，鋪在欄杆榻板上。賈母倚柱坐下，命劉姥姥也坐在旁邊，因問他：『這園子好不好？』劉姥姥念佛說道：『我們鄉下人到了年下，都上城來買畫兒貼。時常閑了，大家都說，怎麼得也到畫兒上去逛逛。想着那個畫兒也不過是假的，那裏有這個真地方。誰知我今日進這園裏一瞧，竟比那畫兒還強十倍。怎麼得有人也照着這個園子畫一張，我帶了家去，給他們見見，死了也得好處。』賈母聽說，便指着惜春笑道：『你瞧我這個小孫女兒，他就會畫。等明日叫他畫一張如何？』劉姥姥聽了，喜的忙跑過來，拉着惜春說道：『我的姑娘，你這麼大年紀兒，又這麼個好模樣，還有這個能幹，别是個神仙托生的罷。』

賈母少歇了一會，便要領着劉姥姥都見識見識。先到了瀟湘館。一進門，衹見兩邊翠竹夾路，土地下蒼苔布滿，中間羊腸一條石子漫的路。劉姥姥讓出路來與賈母衆人走，自己卻走土地。琥珀拉他說道：『姥姥，你上來走，仔細苔滑了。』劉姥姥道：『不相幹的，我們走熟了的，姑娘們衹管走罷。可惜你們的那綉鞋，別沾臟了。』他衹顧上頭和人說話，不防底下果踹滑了，『咕咚』一跤跌倒。衆人拍手都哈哈的笑起來，賈母笑駡道：『小蹄子們，還不攙起來，衹站着笑。』說話時，劉姥姥已爬了起來，自己也笑了，說道：『才說嘴就打了嘴。』賈母問他：『可扭了腰了不曾？叫丫頭們捶一捶。』劉姥姥道：『那裏說的我這麼嬌嫩了，那一天不跌兩下子；都要捶起來，還了得呢。』紫鵑早打起湘簾，賈母等進來坐下。林黛玉親自用小茶盤捧了一蓋碗茶來奉與賈母。王夫人道：『我們不吃茶，姑娘不用倒了。』林黛玉聽說，便命個丫頭把自己窗下常坐的一張椅子挪到下首，請王夫人坐了。

劉姥姥因見窗下案上設着筆硯，又見書架上壘着滿滿的書，劉姥姥道：『這必定是那位哥兒的書房了。』賈母笑指黛玉道：『這是我這外孫女兒的屋子。』劉姥姥留神打量了林黛玉一番，方笑道：『這那裏像個小姐的綉房，竟比那上等的書房還好。』賈母因問：『寶玉怎麼不見？』衆丫頭們答說：『在池子裏船上呢。』賈母道：『誰又預備下船了？』李紈忙回說：『才開樓拿幾子，我恐怕老太太高興，就預備下了。』賈母聽了，方欲說話時，有〔四〕人回說：『姨太太來了。』賈母等才站起來，衹見薛姨媽早進來了，一面歸坐，笑道：『今日老太太高興，這早晚就來了。』賈母笑道：『我才說來遲了的要罰他，不想姨太太就來遲了〔五〕。』

說笑一會，賈母因見窗上紗顏色舊了，便和王夫人說道：『這個紗，新糊上好看，過了後來，就不翠了。這個院子裏頭，又沒有個桃杏樹，這竹子已是綠的，再拿這綠紗糊上，反不配。我記得咱們先有四五樣顏色糊窗的紗呢，明日給他把這窗上的換了。』鳳姐兒忙道：『昨日開庫房，看見大板箱裏還有好幾匹銀紅蟬翼紗，也有各樣折枝花樣的，也有流雲卍福花樣的，也有百蝶穿花花樣的，顏色又鮮明，紗又輕軟，我竟沒見過這樣的。拿了兩匹出來，作兩床綿紗被，想來一定是好的。』賈母聽了笑道：『呸！人人都說你沒有不經過不見過，連這個紗還不認得呢，明日還說嘴。』薛姨媽等都說：『憑他怎麼經過見過，他如何敢比老太太呢。老太太何不教導了他，我們也聽聽。』鳳姐也笑說：『好祖宗，教給我罷。』賈母笑向薛姨媽衆人道：『那個紗，比你們年紀還大呢。怪不得他認作蟬翼紗，原也有些像，不知道的，都認作蟬翼紗。正經名字叫作「軟烟羅」。』鳳姐兒道：『這個名兒也好聽。衹是我這麼大了，紗羅也見過幾百樣，從沒聽見過這個名兒。』賈母笑道：『你能活了多大，見過幾樣沒處放的東西，就說嘴來了。那個軟烟羅衹有四樣顏色：一樣雨過天晴，一樣秋香色，一樣鬆綠的，一樣就是銀紅的；若是做了帳子，糊了窗屜，遠遠的看着，就似烟霧一樣，所以叫作「軟烟羅」。那銀紅的又叫作「霞彩紗」。如今上用的府紗也沒有這樣軟厚輕密的了。』薛姨媽笑道：『別說鳳丫頭不見，連我也沒聽見過。』鳳姐兒一面說話，早命人取了一匹來，賈母道：『可不是這個！先時不過是糊窗屜，後來我們拿這個做被，做帳子，試試也竟好。明日就找出幾匹來，拿銀紅的替他糊窗子。』鳳姐兒答應着。衆人都看了，稱贊不已。劉姥姥也覷着眼看個不了，念佛說道：『我們想他做衣裳也不能，拿着糊窗子，豈不可惜？』賈母道：『倒是做衣裳不好看。』鳳姐忙把自己身上穿的一件大紅綿紗襖子襟兒拉了出來，向賈母、薛姨媽道：『看我的這襖兒。』賈母、薛姨媽說：『這也是上好的了，這是如今的上用內造，竟比不上這個。』鳳姐兒道：『這個薄片子，還說是內造上用的，竟連這個官用的也比不上了。』賈母道：『再找一找，衹怕還有青的。若有時都拿出來，送這劉親家兩匹，做一個帳子挂，下剩的配上裏子，做些夾背心子給丫頭們穿，白收着霉爛了。』鳳姐忙答應了，仍命人送去。

賈母起身，笑道：『這屋裏窄，再往別處逛去。』劉姥姥念佛道：『人人說大家子住大房子。昨日見老太太正房，配上大箱、大櫃、大桌子、大床，果然威武。那櫃子比我們一間房子還大、還高；怪道後院子裏有個梯子。我想，又不上房曬東西，預備個梯子做什麼？後來我想起來，定是為開頂櫃收放東西，若離了梯子，怎麼得上去呢。如今又見了這小屋子，更比大的益發齊整了。滿屋裏的東西都衹好看，都不知叫做什麼，我越看越捨不得離了這裏。』鳳姐道：『還有好的，我都帶你瞧瞧。』說着，一徑離了瀟湘館。

遠遠的望見池中一群人在那裏撑船。賈母道：『他們既預備下船，咱們就坐。』一面說着，便向紫菱洲蓼溆一帶走來。未至池前，衹見幾個婆子手裏都捧着一色摿絲戧金五彩大盒子走來，鳳姐忙問王夫人：『早飯在那裏擺？』王夫人道：『問老太太在那裏，就在〔六〕那裏罷了。』賈母聽說，便回頭說：『你三妹妹那裏好。你就帶了人擺去，我們從這裏坐了船去。』鳳姐兒聽說，便回身同了李紈、探春、鴛鴦、琥珀帶着端飯的人等，抄着近路到了秋爽齋，就在曉翠堂上調開桌案。鴛鴦笑道：『天天咱們說外頭老爺吃酒吃飯都有一個篾片相公，拿他取笑兒。咱們今日也得了一個女篾片了。』李紈是個厚道人，聽了不解。鳳姐兒卻知是說的劉姥姥了，也笑說道：『咱們今日就拿他取個笑兒。』二人便如此這般的商議。李紈笑勸道：『你們一點好事也不做，又不是個小孩兒，還這麼淘氣，仔細老太太說。』鴛鴦笑道：『很不與你相幹，有我呢。』

正說着，衹見賈母等來了，各自隨便坐下。先有丫鬟端過兩盤茶來，大家吃畢。鳳姐手裏拿着西洋布手巾，裏着一把烏木三鑲銀箸，按人數位，按席擺下。賈母因說：『把那一張小楠木桌子抬過來，讓劉親家近我這邊坐着。』衆人聽說，忙抬了過來。鳳姐一面遞眼色與鴛鴦，鴛鴦便拉了劉姥姥出去，悄悄的囑咐劉姥姥一席話，又說：『這是我們家的規矩，若錯了，我們就笑話呢。』調停已畢，然後歸坐。薛姨媽是吃過飯來的，不吃，衹坐在一邊吃茶。妙！若衹管寫薛姨媽到來衹吃飯，則成何文理。賈母帶着寶玉、湘雲、黛玉、寶釵一桌，王夫人帶着迎春姊妹三個一桌，劉姥姥傍着賈母一桌。賈母平日吃飯，皆有小丫鬟在旁邊，拿着漱盂、麈尾、巾子、帕物。如今〔七〕鴛鴦是不當這差的了，今日鴛鴦偏接過麈尾來拂着。丫鬟們知道他要撮弄劉姥姥，便躲開讓他。鴛鴦一面侍立，一面悄向〔八〕劉姥姥說道：『別忘了。』劉姥姥道：『姑娘放心。』那劉姥姥入了座，拿起箸來，沉甸甸的不伏手。原是鳳姐和鴛鴦商議定了，單拿一雙老年四楞象牙鑲金的筷子與劉姥姥。劉姥姥見了，說道：『這叉把子比俺那裏鐵鍁還沉，那裏犟的過〔九〕他。』說的衆人都笑起來。

衹見一個媳婦端了一個盒子站在當地，一個丫鬟上來揭去盒蓋，裏面盛着兩碗菜。李紈端了一碗放在賈母桌上，鳳姐兒偏揀了一碗鴿子蛋放在劉姥姥桌上。賈母這邊說聲『請』，劉姥姥便站起身來，高聲說道：『老劉，老劉，食量大似牛，吃個老母豬，不抬頭。』自己卻鼓着腮不語。衆人先是發怔，後來一聽，上上下下都哈哈大笑起來。史湘雲撐不住，一口飯都噴了出來；林黛玉笑岔了氣，伏着桌子叫『哎喲』；寶玉早滾到賈母懷裏，賈母笑的摟着〔十〕寶玉叫『心肝』；王夫人笑的用手指着鳳姐兒，祇說不出話來；薛姨媽也撐不住，口裏茶噴了探春一裙子；探春手裏的飯碗都合在迎春身上；惜春離了座位，拉着他奶母叫〔十一〕揉一揉腸子。地下的無一個不彎腰屈背，也有躲出去蹲着笑去的，也有忍着笑上來替他姊妹換衣裳的，獨有鳳姐、鴛鴦二人撐着，還祇管讓劉姥姥。劉姥姥拿起箸來，祇覺不聽使，又說道：『這裏的雞子也俊，下的這蛋小巧，怪俊的。我且肏攮一個。』衆人方住了笑，聽見這話又笑起。賈母笑的眼泪出來，琥珀在後捶着。賈母笑道：『這定是鳳丫頭促狹鬼兒鬧的，快別信他的話了。』那劉姥姥正誇雞蛋小巧，要肏攮一個，鳳姐兒笑道：『一兩銀子呢，你快嘗嘗罷，那冷了就不好吃了。』劉姥姥便伸箸子要夾，那裏夾的起來，滿碗裏鬧了一陣，好容易撮起一個〔十二〕來，才伸着脖子要吃，偏又滑下來滾在地下，忙放下箸子，要親自去撿，早有地下的人撿了出去〔十三〕了。劉姥姥嘆道：『一兩銀子，也沒聽見響聲兒就沒了。』衆人已沒心吃飯，都看着他取笑。賈母又說：『誰這會子又把那個筷子拿了出來，又不請客擺大筵席。都是鳳丫頭指使的，還不換了呢。』地下的人原不曾預備送牙箸，是鳳姐和鴛鴦拿了來的，聽如此說，忙收了過去，也照樣換上一雙烏木鑲銀箸。劉姥姥道：『去了金的，又是銀的，到底不及俺們那個順手。』鳳姐兒道：『菜裏若有毒，這銀子下去了，就試的出來。』劉姥姥道：『這個菜裏有毒，俺們那些都成了砒霜了。那怕毒死了也要吃盡了。』賈母見他如此有趣，吃〔十四〕的又香甜，把自己的菜也都端過來與他吃。又命一個老媽媽來，將各樣的菜給板兒夾在碗上。

一時吃畢，賈母等都往探春卧室中去閑話。這裏收拾過殘桌，又放了一桌。劉姥姥看着李紈與鳳姐兒對坐着吃飯，説道：『別的罷了，我衹愛你們家這行事。怪道説「禮出大家」。』鳳姐兒忙笑道：『你可別多心，才剛不過大家取樂兒。』一言未了，鴛鴦也進來笑道：『姥姥別惱，我給你老人家賠個不是。』劉姥姥笑道：『姑娘説那裏話，咱們哄着老太太開個心兒，可有什麼惱的！你先囑咐我，我就明白了，不過大家取笑兒。我要心裏惱，也就不説。』鴛鴦便罵人：『為什麼不倒茶給姥姥吃？』劉姥姥忙道：『才剛那個嫂子倒了茶來，我吃過了。姑娘也該用飯了。』鳳姐兒便拉着鴛鴦坐下：『你和我們吃了罷，省的回來又鬧。』鴛鴦便坐下了。婆子們添上碗筷來。三人吃完。劉姥姥笑道：『我看你們這些人都衹吃這一點兒就完了，虧你們也不餓。怪道的風兒都吹得倒。』鴛鴦便問：『今日剩的菜不少，都那去了？』婆子們道：『都還沒散呢，在這裏等着一齊散與他們吃。』鴛鴦道：『他們吃不了這些，挑兩碗給〔十五〕二奶奶屋裏平丫頭送去。』鳳姐兒道：『他早吃了飯了，不用給他。』鴛鴦道：『他不吃了，喂你們的貓。』婆子聽了，忙揀了兩樣拿盒子送去。鴛鴦道：『素雲那去了？』李紈道：『他們都在這裏一處吃，又找他做什麼？』鴛鴦道：『這就罷了。』鳳姐道：『襲人不在這裏，你倒是叫人送兩樣給他去。』鴛鴦聽說，便命人也送兩樣去後，鴛鴦又問婆子們：『回來吃酒的攢盒可裝上了？』婆子道：『想必還得一會子。』鴛鴦道：『催着些兒。』婆子答應了。

鳳姐兒等來至探春房中，衹見他娘兒們正說〔十六〕笑。探春素喜闊朗，這三間屋子并不曾隔斷。當地放着一張花梨大理石大案，上磊着各種名人法帖，并數十方寶硯，各色筆筒，筆海內插的筆如䕺林一般。那一邊設着鬥大的一個汝窰花囊，插着滿滿的一囊水晶球的白菊。西牆上當中挂着一大幅米襄陽《烟雨圖》，左右挂着一副對聯，乃是顏魯公墨迹，其聯雲：

烟霞閑骨格　泉石野生涯

案上設着大鼎。左邊紫檀架上放着一個大觀窰的大盤，盤內盛着數十個嬌黃玲瓏大佛手；右邊洋漆架上懸着一個白玉比目磬，旁邊挂着小錘。那板兒略熟了些，便要摘那錘子要擊，丫鬟們忙攔住他。他又要那佛手吃，探春揀了一個與他說：『玩罷，吃不得的。』東首便設着卧榻，拔步床上懸着葱綠雙綉花卉草蟲的紗帳。板兒又跑過來看，說『這是蟈蟈，這是螞蚱』。劉姥姥忙打他一巴掌，駡道：『下作的夯子，沒幹沒〔十七〕淨的亂鬧。倒叫你進來瞧瞧，就上臉了。』打的板兒哭起來，衆人忙勸解方罷。賈母因隔着紗窗往後院内看了一會，因說：『這後廊檐下的梧桐也好了，就衹細些。』正說話，忽一陣風過，隱隱聽得鼓樂之聲。賈母問『是誰家娶親呢？這裏臨街倒近。』王夫人等笑回道：『街上的那裏聽的見，這是咱們那十來個女孩子們演習吹打呢。』賈母便笑道：『既是〔十八〕他們演，何不叫他們進來演習。他們也逛一逛，咱們可又樂了。』鳳姐聽說，忙叫人出去叫來，又一面吩咐擺下條桌，鋪下紅氈子。賈母道：『就鋪排在藕香榭的水亭子上，借着水音更好聽的。咱們就在綴錦閣底下吃酒，寬闊，又聽的近。』衆人都說那裏很好。賈母向薛姨媽笑道：『咱們走罷。他們姊妹們都不大喜歡人來坐，怕臟了屋子。咱們别沒眼色，正經坐一會子，吃酒去。』說着大家起身便走。探春笑道：『這是那裏的話？求着老太太、姨媽、太太坐坐還不能呢。』賈母笑道：『我的這三丫頭却好，衹有兩個玉兒可惡。回來吃醉了，咱們偏往他們屋裏鬧去。』說着，衆人都笑了。

一齊出來，走不多遠，已到了荇葉渚。那姑蘇選來的幾個駕娘，早把兩祇棠木舫撐來，衆人扶了賈母、王夫人、薛姨媽、劉姥姥、鴛鴦、玉釧兒上了這一祇，落後李紈也跟上去。鳳姐也跟上去，立在船頭上，也要撑船。賈母在艙内道：『這不是玩的，雖不是河裏，也有好深的。你快不要，給我進來。』鳳姐兒笑道：『怕什麽！老祖宗祇管放心。』説着便一篙點開。到了池當中，船小人多，鳳姐祇覺亂晃，忙把篙子遞與駕娘，方蹲下了。然後迎春姊妹等并寶玉上了那祇，隨後跟來。其餘老媽媽與衆丫鬟，俱沿河隨行。寶玉道：『這些破荷葉可恨，怎麽還不叫人來拔去？』寶釵笑道：『你瞧這幾日，何曾饒了這園子閑了，天天逛，那裏還有叫人來收拾的工夫？』林黛玉道：『我最不〔十九〕喜歡李義山的詩，祇喜他這一句：「留得殘荷聽雨聲」。偏你們又不留着殘荷了。』寶玉道：『果然好句，以後咱們别叫人拔去了。』説着已到了花溆的蘆港之下，覺得陰森透骨，兩灘上衰草殘菱，更助秋情。

賈母因見岸上的清廈〔二十〕曠朗，便問『這是你薛姑娘的屋子不是？』衆人道：『是。』賈母忙叫攏岸，順着雲步石梯上去，一同進了蘅蕪院，祇覺异香撲鼻。那些奇草仙藤愈冷愈蒼翠，都結了實，似珊瑚豆子一般，累垂可愛。及進了房屋，雪洞一般，一色玩器全無，案上祇有一個土定瓶中，供着數枝菊花，并兩部書，茶奩、茶杯而已。床上祇吊着青紗帳幔，衾褥也十分樸素。賈母笑道：『這孫女太老實了。你沒有陳設，何妨和你姨媽要些。我也不理論，也沒想到，你們的〔三一〕東西自然在家裏沒帶了來。』說着，命鴛鴦去取些古董來，又嗔着鳳姐兒：『不送些玩器來與你妹妹，這樣小器。』王夫人、鳳姐兒等都笑回說：『他自己不要的。我們原送了來，都退回去了。』薛姨媽也笑說：『他在家裏也不大弄這些東西的。』賈母搖頭道：『使不得。雖然他省事，倘來一個親戚，看着不像；二則年輕的姑娘們，房裏這樣素淨，也忌諱。我們這老婆子，越發該住馬圈去了。你們聽那些書上戲上說的小姐們的綉房，精致的還了得呢。他們姊妹們雖不敢比那些小姐們，也不要很離了格兒。有現成的東西，為什麼不擺？若很愛素淨，少幾樣倒使得。我最會收拾屋子的，如今老了，沒這閑心了。他們姊妹們也還學着收拾的好，祇怕俗氣，有好東西也擺壞了。我看他們還不俗。如今讓我替你收拾，包管又大方又素淨。我的體己兩件，收到如今，沒給寶玉看見過，若經了他的眼，也沒了。』說着叫過鴛鴦來，親吩咐道：『你把那石頭盆景兒和那架紗桌屏，還有個墨烟凍石鼎，這三樣擺在這案上就夠了。再把那水墨字畫白綾帳子拿來，把這帳子也換了。』鴛鴦答應着，笑道：『這個東西都擱在東樓上的不知那個箱子裏，還得慢慢找去，明日再拿去也罷了。』賈母道：『明日後日都使得，祇別忘了。』說着，坐了一會方出來，一徑來至綴錦閣下。文官等上來請過安，因問：『演習何曲？』賈母道：『衹揀你們生的演習幾套罷。』文官等下來，往藕香榭去不提。

這裏鳳姐兒已帶着人擺設齊整，上面左右兩張榻，榻上都鋪着錦茵絨毯，每一榻前兩張雕漆幾；也有海棠式的，也有梅花式的，也有荷花式的，也有葵花式的，也有方的，也有圓的，其式不一。一個上面放着爐瓶，一分攢盒；一個上面空設着，預備放人所喜食物。上面二榻四幾，是賈母、薛姨媽；下面一椅〔一二二〕兩幾，是王夫人的，餘者都是一椅一幾。東邊是劉姥姥，劉姥姥之下便是王夫人。西邊便是史湘雲，第二便是寶釵，第三便是黛玉，第四迎春、探春、惜春挨次下去，寶玉在末。李紈、鳳姐二人之幾設于三層檻内，二層紗櫥之外。攢盒式樣，隨幾之式樣。每人一把烏銀洋鏨自斟壺，一個什錦〔一二三〕琺琅杯。

大家坐定，賈母先笑道：『咱們先吃兩杯，今日也行一令才有意思。』薛姨媽等笑説道：『老太太自然有好酒令，我們如何會呢，安心要我們醉了。我們都多吃兩杯就有了。』賈母笑道：『姨太太今日也過謙起來，想是厭我老了。』薛姨媽笑道：『不是謙，衹怕行不上來，倒是笑話了。』王夫人忙笑道：『便說不上來，衹多吃了一杯酒，醉了睡覺去，還有誰笑話咱們不成！』薛姨媽點頭笑道：『依令。老太太到底吃一杯令酒才是。』賈母笑道：『這個自然。』説着便吃了一杯。

鳳姐忙走至當地，笑道：『既行令，還叫鴛鴦姐姐來行便好。』衆人都知賈母所行之令必得鴛鴦提着，故聽了這話，都説：『很是』。鳳姐兒便拉了鴛鴦過來。王夫人笑道：『既在令内，沒有站着的理。』回頭命小丫頭子：『端一張椅子，放在你二位奶奶的席上。』鴛鴦也半推半就，謝了坐，便坐下，也吃了一杯酒，笑道：『酒令大如軍令，不論尊卑，惟我是主。違了我的話，便要受罰的。』王夫人等都笑道：『一定如此，快些説來。』鴛鴦未開口，劉姥姥便下了席，擺手道：『別這樣捉弄人，我家去了。』衆人都笑道：『這卻使不得。』鴛鴦喝命小丫頭子們：『拉上席去！』小丫頭子們也笑着，果然拉入席中。劉姥姥衹叫：『饒了我罷！』鴛鴦道：『再多言的罰一壺。』劉姥姥方住了。

鴛鴦道：『如今我説骨牌副兒，從老太太起，順領説下去，至劉姥姥止。比如我説一副兒，將這三張牌拆開，先説頭一張，次説第二張，再説第三張，説完了，合成這一副兒的名字。無論詩詞歌賦，成語俗話，比上一句，都要葉韵。錯了的罰一杯。』衆人笑道：『這個令好，就説出來。』

鴛鴦道：『有了一副了。左邊是張「天」。』賈母道：『頭上有青天。』衆人道：『好。』鴛鴦道：『當中是個「五與六」。』賈母道：『六橋梅花香徹骨。』鴛鴦道：『剩得一張「六與幺」。』賈母道：『一輪紅日出雲霄。』鴛鴦道：『湊成便是個「蓬頭鬼」。』賈母道：『這鬼抱住鐘馗腿。』說完，大家笑着喝彩，賈母飲了一杯。

鴛鴦又道：『有了一副。左邊是個「大長五」。』薛姨媽道：『梅花朵朵風前舞。』鴛鴦道：『右邊還是「長五張」。』薛姨媽道：『十月梅花嶺上香。』鴛鴦道：『當中「二五」是雜七。』薛姨媽道：『織女牽牛會七夕。』鴛鴦道：『湊成「二郎游五岳」。』薛姨媽道：『世人不及神仙樂。』說完，大家稱賞，飲了酒。

鴛鴦又道：『有了一副。左邊「長幺」兩點明。』湘雲道：『雙懸日月照乾坤。』鴛鴦道：『右邊「長幺」兩點明。』湘雲道：『閑花落地聽無聲。』鴛鴦道：『中間還得「幺四」來。』湘雲道：『日邊紅杏倚雲栽。』鴛鴦道：『湊成「櫻桃九點熟」。』湘雲道：『御園卻被鳥銜出〔二四〕。』說完飲了一杯。

鴛鴦道：『有了一副。左邊是「長三」。』寶釵道：『雙雙燕子語呢喃。』鴛鴦道：『右邊是「三長」。』寶釵道：『水荇牽風翠帶長。』鴛鴦道：『當中「三六」九點在。』寶釵道：『三山半落青天外。』鴛鴦道：

『湊成「鐵鎖鏈孤舟」。』寶釵道：『處處風波處處愁。』說完，飲畢。

鴛鴦道：『左邊一個「天」。』黛玉道：『良辰美景奈何天。』寶釵聽了，回頭看着他。黛玉祇顧怕罰，也不理論。鴛鴦道：『中間「錦屏」顏色俏。』黛玉道：『紗窗也沒有紅娘報。』鴛鴦道：『剩了「二六」八點齊。』黛玉道：『雙瞻玉座引朝儀〔二五〕。』鴛鴦道：『湊成「籃子」好采〔二六〕花。』黛玉道：『仙杖香挑芍藥花。』說完，飲了一口。

鴛鴦道：『左邊「四五」成花九。』迎春道：『桃花帶雨濃。』衆人道：『該罰！錯了韵，而且又不像。』迎春笑着飲了一口。

原是鳳姐兒和鴛鴦都要聽劉姥姥的笑話，故意都命說錯，都罰了。至王夫人，鴛鴦代說了，過下便該劉姥姥。劉姥姥道：『我們莊家人閑了，也常會幾個人弄這個，但不如〔二七〕說的這麼好聽。少不得我也試一試。』衆人都笑道：『容易說的。你祇管說，不相幹。』鴛鴦笑道：『左邊「長四」是個人。」劉姥姥聽了，想了半日，說道：『是個莊家人罷。』衆人哄堂笑了。賈母笑道：『說的好，就是這樣說。』劉姥姥也笑道：『我們莊家人，不過是現成的本色，衆位別笑。』鴛鴦道：『中間「三四」綠配紅。』劉姥姥道：『大火燒了毛毛蟲。』衆人笑道：『這是有的，還説你的本色。』鴛鴦道：『右邊「幺四」真好看。』劉姥姥道：『一個蘿卜一頭蒜。』衆人又笑了。鴛鴦笑道：『湊成便是一枝花。』劉姥姥兩衹手比着，説道：『花兒落了結個大倭瓜。』衆人大笑起來。衹聽外面亂嚷——且聽下回分解。

總評

寫貧賤輩低首豪門，凌辱不計，誠可悲夫！此故作者以警貧賤，而富室貴豪，亦當于其間着意。

校記

〔一〕原文無『着』字，據庚辰本補。

〔二〕此處的『炫』字，原文爲『炫』，爲諱玄燁（康熙皇帝）之名，而缺一筆。

〔三〕此處的『盛着』二字，原文爲『奉着』，據庚辰本改。

〔四〕原文無『有』字，據庚辰本補。

〔五〕原文無『了』字，據庚辰本補。

〔六〕原文無『在』字，據庚辰本補。

〔七〕原文無『今』字，據蒙府本補。

〔八〕此處的『向』字，原文爲『問』，據己卯本改。

〔九〕此處的『犟的過』三字，原文爲『强的過』，校者改。

〔十〕原文無『着』字，據庚辰本補。

〔十一〕原文無『叫』字，據蒙府本補。

〔十二〕此處的『一個』，原文爲『一個的』，據庚辰本删去『的』字。

〔十三〕此處的『撿了出去』數字，原文爲『撿了起來』，據庚辰本改。

〔十四〕原文無『吃』字，據庚辰本補。

〔十五〕原文無『給』字，據庚辰本補。

〔十六〕原文無『説』字，據列藏本補。

〔十七〕原文無『没』字，據庚辰本補。

〔十八〕原文無『是』字，據庚辰本補。

〔十九〕原文無『不』字，據蒙府本補。

〔二十〕此處的『厦』字，原文爲『爽』，據庚辰本改。

〔二一〕原文無『的』字，據庚辰本補。

〔二二〕此處的『一椅』二字，原文爲『兩椅』，據庚辰本改。

〔二三〕此處的『什錦』二字，原文爲『十錦』，校者改。
〔二四〕此處的『銜出』二字，原文爲『銜落』，據蒙府本改。
〔二五〕此處的『引朝儀』三字，原文爲『飲朝儀』，據夢稿本改。
〔二六〕此處的『采』字，原文爲『探』，據庚辰本改。
〔二七〕此處的『不如』二字，原文爲『不知』，據庚辰本改。

第四十一回

賈寶玉品茶櫳翠庵　劉老嫗醉卧怡紅院

【回前】任呼牛馬從來樂，隨分清高方可安。自古世情難意擬，淡妝濃抹有千般。（立鬆軒）

庚：此回櫳翠品茶，怡紅遇動。蓋妙玉雖以清净無爲自守，而怪潔之癖未免有過，老嫗衹污得一杯，見而勿用，豈似玉兄日享洪福，竟至無以復加而不自知。故老嫗眠其床，卧其席，酒屁熏其屋，却被襲人（原作人襲）遮過，則仍用其床、其席、其屋。亦作者特爲『轉眼不知身後事』寫來作戒，紈袴公子可不慎哉！

話説劉姥姥兩衹手比着説道：『花兒落了結個大倭瓜。』衆人聽了哄堂大笑起來。于是吃過門杯，又逗笑道：『實告説罷，我的手脚子粗笨，又喝醉了酒，仔細失手打了這瓷杯。有木頭杯取了來，便失了手掉了地下，也打不了。』衆人聽了，又笑將起來。鳳姐聽如此説，便忙笑道：『果然要木頭的，我就取了來。可有一件先說下：這木頭的可比不得瓷的，那都是一套，定要吃遍一套方使得。』劉姥姥聽了，心下掂掇道：『我方才不過是趣話取笑兒，誰知他果然竟有。我時常村莊上縉紳大家子也赴過席，金杯、銀杯倒都見過，從來沒見有木頭的。哦，是了，想必是小孩子使的木碗子，不過誆我多吃兩碗。別管他，横竪這酒蜜水兒似的，多喝點子也不怕。』庚：爲登厠伏脉。想畢，便說：『取了來再商量。』鳳姐乃命豐兒：『去到前面裏間屋，書架子上有十個竹根套杯取來〔一〕。』豐兒聽了，答應着才要去，鴛鴦笑道：『我知道你〔二〕這十個杯還小些。况且你才說是木頭的，這會子又拿了竹根子的來，倒不好看。不如把我們那裏的黄楊木根整摳的十個大套杯拿來，灌他十下子。』鳳姐笑道：『更好了。』鴛鴦果命人取來。劉姥姥一看，又驚又喜：驚的是一連十個，挨次大小分下來的。那大的足有小盆子大，第十個極小的還有手裏杯子大；喜的是雕鏤奇絶，一色山水樹木人物，并有草字圖記。因忙說道：『拿了那小的來就是了，怎麽這麽些個？』鳳姐笑道：『這個杯没有喝一個的理。我們家因没有這些大量的，所以没人敢使他。你既要使，好容易尋了出來，必定要挨次吃一遍才使得。』劉姥姥唬的忙道：『這可不敢。好姑奶奶，竟饒了我罷。』蒙側：挾炎的苦惱。賈母、薛姨媽、王夫人都知道他有年紀的人，禁不起，忙都道：『不可多吃了，衹吃這頭一杯罷。』劉姥姥道：『阿彌陀佛！我還使小杯吃罷。把這大杯收着，我帶了家去，慢慢吃罷。』鴛鴦等無法，祇得命人滿斟了一大杯，劉姥姥兩手捧着喝乾。賈母道：『慢些吃，不要嗆了。』

薛姨媽又命鳳姐揀了菜。賈母笑道：『你把茄胙揀些喂他。』鳳姐聽說，依言揀些茄胙送入劉姥姥口中，因笑道：『你們天天吃茄子，也嘗嘗我們的茄子，弄的可口不可口？』劉姥姥笑道：『別哄我！茄子跑出這個味兒來了，我們也不用種糧食，祇種茄子罷了。』衆人笑道：『真是茄子。我們再不哄你。』劉姥姥詫异道：『真是茄子？我白吃了這半日。姑奶奶你再喂我些，讓我細嚼嚼。』鳳姐果又揀了些放入口內。劉姥姥因細嚼了半日，笑道：『雖有茄子香，祇是還不像是茄子。告訴我是什麼方法弄的，我也弄着吃去。』鳳姐笑道：『這也不難。你把四、五月裏的新茄包兒摘下來，把皮和瓤子去盡，祇要淨肉，切成頭發細的絲兒，曬幹了，拿一祇肥母鷄，靠出老湯來，把這茄子絲上蒸籠蒸的鷄湯入了味，再拿出來曬幹，如此九蒸九曬，必定曬脆了，盛在瓷罐子裏，封嚴了，要吃時拿出一碟子來，用炒的鷄瓜子一拌就是了。』劉姥姥聽了，摇頭吐舌道：『我的佛祖！倒得十幾祇鷄兒來配他，怪道好吃！』

一面說笑，一面慢慢的吃完了酒，還祇管細玩那杯。鳳姐笑道：『還不足興，再吃一杯罷。』劉姥姥忙道：『了不得了，那就醉死了。我因為愛這様兒，虧他怎様作來着。』鴛鴦笑道：『酒也吃完了，這到底是什麼木的？』劉姥姥笑道：『怨不得姑娘不認得的。你們在金門綉戶的，如何認得木頭！我們成日家和樹林〔三〕子作街坊，困了枕着他睡，乏了靠着他坐，蒙側：好充懂得的來看。荒年間餓了還吃他，眼睛裏天天見他，耳朵裏天天聽他，口兒裏天天講他〔四〕，所以好歹真假，我是認得的。讓我認一認他。』一面說，一面細細的端詳了半日，道：『你們這樣人家斷沒有賤東西，那容易得的木頭，你們也不收着了。我掂着這杯體沉，斷乎不是杉木的，一定是黃鬆的。』衆人聽了，哄堂大笑起來。

衹見一個婆子走來，請問賈母，說：『女孩子們都到了藕香榭了。請老太太的示下，就演罷，還是等一會子？』賈母忙笑道：『可是倒忘了他們了，就叫他們演罷。』那婆子答應着去了。不一時，衹聽得簫管悠揚，笙簧并發，正值風清氣爽之時，那樂聲穿林度水而來，自然令人神怡心曠。蒙側：作者似曾在坐。寶玉先禁不住，拿起壺來斟了一杯，一口飲盡。復又斟上，才要飲，衹見王夫人也要飲，命人換暖酒來，寶玉連忙將自己的杯捧了過來，送到王夫人的口邊，庚：妙極！忽寫寶玉如此，便是天地間母子之至情至性。獻芹之民之意，令人酸鼻！王夫人便就手內吃了兩口。一時暖酒來了，寶玉仍歸舊坐，王夫人提了自己的暖酒壺下席來，衆人皆出了席，薛姨媽也立起來，賈母忙命李紈、鳳姐二人接過壺來：『讓你姑媽坐下，大家才方便。』王夫人見如此說，方將壺遞與鳳姐，自己歸坐。賈母笑道：『大家吃上兩杯，今日着實有趣。』說着拿杯讓薛姨媽，又向湘雲寶釵道：『你兩個多吃一杯。你林妹妹雖不會吃，也別饒他。』說着自己徑幹了，湘雲、寶釵、黛玉也都幹了。當下劉姥姥聽見這般音樂，且又有了酒，越發喜的手舞足蹈起來。寶玉因下席過來向黛玉笑道：『你瞧瞧劉姥姥的樣子。』黛玉笑道：『當日舜樂一奏，百獸率舞，如今才一牛耳。』蒙側：隨筆寫來，趣極。衆人都笑了。

須臾樂止，薛姨媽出席笑道：『大家的酒想也都有了，且出去散散再坐罷。』賈母也正要散散，于是大家出席，隨着賈母游玩。賈母因要帶着劉姥姥散悶。遂攜了劉姥姥至山前樹下盤桓了半晌，又說與他這是什麼樹，這是什麼花，這是什麼石。劉姥姥一一的領會，又向賈母道：『誰知城裏的不但人尊貴，連雀兒也是尊貴的。偏這雀兒到了你們這裏，他也變俊了，也會說話了。』衆人不解，因問：『怎麼雀兒變俊了，會說話？』劉姥姥道：『那廊上金架子上站的綠毛紅嘴的是鸚哥兒，我是認得的。那籠子裏老鴰子〔五〕怎麼又長出鳳頭來，也會說話呢！』衆人聽了又都笑將起來。

一時，祇見丫頭們來請用點心。賈母道：『吃了兩杯酒，也就不餓了。也罷，就拿了這裏來，大伙兒隨便吃些。』丫鬟們聽說，走去抬了兩張高幾來，又端了兩個小捧盒來。揭開看時，每個盒内兩樣。這盒内是兩樣蒸食：一樣是藕粉桂糖糕，一樣是鬆穰鵝油卷；那盒内是兩樣炸的，一樣是祇有一寸來大的小餃兒。賈母因問是什麼餡子，婆子們回是螃蟹的。賈母聽了，皺眉說道：『這會子膩膩的，誰吃這個！』又看那一樣是奶油炸的各色小面果子，也不喜歡吃。因讓薛姨媽吃，薛姨媽祇揀了一個卷兒，嘗了一嘗，剩的半個遞與丫頭了。劉姥姥因見那小面果子都玲瓏剔透，各式各樣，因揀了一朵牡丹花樣的笑道：『我們鄉裏最巧的姐兒們，拿剪子也不能鉸出這麽個紙的來。我又愛吃，又捨不得吃，包些家去給他們做花樣子去，倒是不得的。』蒙側：世上竟有這樣人。衆人都笑了。賈母笑道：『等你家去時，我送你一瓷壇子。你先趁熱兒吃這個罷。』别人揀各人愛吃的吃了一兩點就罷了；劉姥姥原不曾吃過這些東西，且都做的小巧，不顯堆盤的，他和板兒每樣吃了些，就去了半盤子。剩的，鳳姐又命人攢了兩盤子并一個攢盒，拿與文官等吃。

忽見奶子抱了大姐兒來，大家哄他玩了一會。那大姐兒因抱着一個大柚子玩的，忽見板兒抱着個佛手，便也要佛手。庚：小兒常情，遂成千裏伏綫。丫頭們哄他取去，大姐等不得，便哭了。衆人忙把柚子與了板兒，將板兒的佛手哄過來與他才罷了。蒙側：伏綫千裏。那板兒因玩了半日佛手，此刻又兩手抓着些面果子吃，又忽見這柚子又香又圓，更覺好玩，且當球踢着玩去，也就不要那佛手了。蒙側：畫工。◎庚：柚（原作抽）子，即今香圓（原作團）之屬也，應與緣通。佛手者，正指迷津者也。以小兒之戲，暗透前後通部脈絡，隱隱約約，毫無一絲漏泄，豈獨爲劉姥姥之俚語博笑，而有此一大回文字哉？

當下賈母等吃畢，又帶了劉姥姥至櫳翠庵來。妙玉忙接了進去。至院中，祇見花木繁盛，賈母笑道：『到底是他們修行的人，沒事常常的修理，比他處的越發好看了。』一面說，一面便往東禪堂來。妙玉笑往裏讓，賈母道：『我們才吃了酒肉，你這裏頭有菩薩，衝了罪過。我們在這裏坐坐罷，把你的好茶拿來，我們吃一杯就是了。』妙玉聽了，忙去烹了茶來。靖眉：尚記丁巳春日，謝園送茶乎？展眼二十年矣！□□丁醜仲春，畸笏。寶玉留神看他怎麼行事，祇見妙玉親自捧了一個海棠花式雕漆填金雲龍獻壽的小茶盤，裏面放一個成窰五彩泥金小蓋鐘，奉與賈母。賈母道：『我不吃六安茶。』妙玉笑道：『知道。這是老君眉。』賈母接了，又問是什麼水。妙玉笑回：『是舊年蠲的雨水。』賈母便吃了半盞，便笑着遞與劉姥姥說：『你嘗嘗這個茶。』劉姥姥接來一口吃盡，笑道：『好是好，就祇淡些，再熬濃些更好了。』賈母、衆人都笑起來。然後衆人都是一色瓜皮青描金的官窰新瓷蓋碗，倒了茶來。

那妙玉便把寶釵和黛玉的衣襟一拉，二人隨他出去，寶玉悄悄的隨後跟了來。祇見妙玉讓他二人在耳房內，寶釵便坐在榻上，黛玉便坐在妙玉的蒲團上。妙玉自向風爐上扇滾了水，另泡了一壺茶來。寶玉便走了進來，笑道：『偏你們吃體己茶呢。〔六〕』三人都笑道：『你又趕了來做什麼？這裏并沒你吃的。』

妙玉剛要去取杯，祇見道婆收了上面的茶盞來。妙玉忙將那成窰杯命道婆：『不用收了，擱在外頭去罷。』（靖眉：妙玉偏僻（原作辟）處，此所謂『過潔世同嫌』也。他日瓜州口勸懲不哀哉，屈從紅顏，固能不枯骨□□□。（按：所缺字，前兩字看不清，似是『各示』兩字，第三字爲蟲蛀。）（又按：此批語後半錯亂太甚，周汝昌等曾作過校訂，筆者在此基礎上，所作的校訂爲：『他日瓜州渡口，紅顏固不能不屈從枯骨，各示勸懲，豈不哀哉！』）寶玉會意，知為劉姥姥吃了，他嫌臟不要了。又見妙玉另拿出兩祇杯來。一個旁邊有耳，杯上鐫着『𤓰瓟斝』三個隸字，後有一行小真字是：『晉王愷珍玩』，又有『宋元豐五年四月眉山蘇軾賞于秘府』的一行小字。妙玉便斟了一斝，遞與寶釵。那一祇形似鉢而小，也有三個垂珠篆字，鐫着『點〔七〕犀盉』。妙玉斟了一盉與黛玉。仍將前番自己常常吃茶的那祇綠玉鬥斟與寶玉。寶玉笑道：『常言「世法平等」，他兩個就用那樣古玩奇珍，我就是個俗器了。』妙玉道：『這是俗器？不是我說狂話，祇怕你家裏未必找的出這麼個俗器來呢。』寶玉笑道：『「隨鄉入鄉」，到了你這裏，把這金玉珠寶一概貶為俗器了。』

妙玉聽如此說，十分歡喜，遂又尋出一祇九曲十八環一百二十節蟠虬整雕的湘妃竹根的一個大海來，道：『就剩了這一個，你可吃的了這一海麼？』寶玉喜的忙道：『吃的了。』妙玉笑道：『你雖吃的了，也沒這些茶糟蹋。庚：茶下『糟蹋』二字。成窑杯已不屑再要。妙玉真清潔高雅，然亦怪譎孤僻甚矣，實有此等人物，但罕耳。豈不聞「一杯為品，二杯即是解渴蠢物，三杯便是飲牛飲驢了」。你吃這一海便成什麼？』說的寶釵、黛玉、寶玉都笑了。妙玉執壺，衹向海內斟了約有一杯。寶玉細細的吃了，果覺輕清無比，賞贊不已。妙玉正色道：『你這遭吃茶是托他兩個的福，獨你來了，我是不能給你吃的。』靖眉：玉兄獨至，豈真無吃茶？作書人又弄狡猾，衹瞞不過老朽，然不知落筆時，作者（原作作作者）如何想？□□丁亥夏。寶玉笑道：『我深知道的，我也不領你的情，衹謝他二人便是了。』妙玉聽了，方說：『這話明白。』黛玉因問道：『這水也是舊年的雨水麼？』妙玉冷笑道：『你這麼個人，竟是大俗人，連水也嘗不出來。這是五年前我在玄〔八〕墓蟠香寺住着，收的梅花上的雪，共得了那鬼臉青的花瓷瓮一瓮，總捨不得吃，埋在地下，今年夏天才開了。我衹吃過一回，這是第二回了。蒙側：妙手。層層迭起，竟能以他人所畫之天王作衆（原作縱）神矣。你怎麼嘗不出來？隔年蠲的雨水火爆氣不盡，如何吃得？』黛玉知他天性怪僻，靖眉：黛是解事人。不敢多話，亦不敢多坐，吃過茶，便約寶釵走了出來。

寶玉也隨出來，和妙玉賠笑道：『那茶杯雖然臟了，白撂了豈不可惜？依我說，不如給那貧婆子罷，他賣了也可以度日。你道可使得？』妙玉聽了，想了一想，點頭說道：『這也罷了。幸而那杯子是我沒吃過的，若我吃過的，我就砸碎（九）了（蒙側：更奇！世上我也見過此等人。）也不能給他。衹是我可不親自給他。你要給他，我也不管，我衹交給你，快拿了去罷。』寶玉笑道：『自然如此，你那裏和他說話授受去，越發連你都臟了。（蒙側：人若忘（原作亡）形，最喜此等言語。）衹交與我就是了。』妙玉便命人拿來遞與寶玉。寶玉接了，又道：『等我們出去了，我叫幾個小幺兒來，河內打幾桶水來洗地如何？』妙玉笑道：『這正好了，衹是你囑咐他們，抬了水來，衹擱在山門外頭牆根下，別進門來。』（蒙側：偏于無可寫處深入一層。）寶玉道：『自然。』說着，便袖了那杯出來，便遞與賈母房中的一個小丫頭子拿着，說：『明日劉姥姥家去時，給他帶去罷。』交代明白，賈母已經出來，要回去。妙玉亦不甚留，送出山門，回身便將門閉了，不在話下。

且說賈母因覺身上乏倦，便命王夫人和迎春姊妹陪了薛姨媽去吃酒，自己便往稻香村來歇息。鳳姐忙命人將竹椅小轎抬來，賈母坐上，兩個婆子抬起，鳳姐、李紈和衆丫鬟、婆子圍隨去了，不在話下。這裏薛姨媽也就辭了出去。王夫人打發文官等出去，將攢盒散與衆丫鬟、婆子吃去，自己便也乘空歇着，隨便歪在方才賈母坐的榻上，命一個小丫頭放下簾子來，又命他捶着腿，吩咐人道：『老太太那邊醒了，你們就來叫我。』說着就歪着睡着了，于是衆人方散出來。

寶玉、湘雲等看着丫鬟們將攢盒擱在山石上，也有坐在山石上的，也有坐在草地下的，也有靠着樹的，也有傍着水的，倒也十分熱鬧。一時又見鴛鴦來了，要帶着劉姥姥各處去逛，衆人也都跟着取笑。蒙側：又另是一番氣象。一時來至『省親別墅』的牌坊底下，劉姥姥道：『哎喲！這裏還有個大廟呢！』說着，便爬下磕頭。衆人笑彎腰。劉姥姥道：『笑什麼？這牌坊上的字我都認得。我們那裏這樣廟宇最多，都是這樣的牌坊，那字就是這廟的名字。』衆人笑道：『你認得這是什麼廟？』劉姥姥便抬頭指那字道：『這不是「玉皇寶殿」四字？』衆人笑的拍手打掌，還要拿他取笑時，劉姥姥覺得腹內一陣亂響，忙的拉着一個小丫頭，要了兩張紙就解中衣。衆人又是笑，又忙喝他：『這裏使不得！』忙命人帶了他東北角上去了。那婆子指與他地方，便樂得走開去歇息。

那劉姥姥因喝了些酒，他的脾氣不與黃酒相宜，且又吃了許多油膩飲食，因發渴多喝了幾杯茶，不免通瀉起來，蹲了半日方完。及出廁來，酒被風禁，且又年邁之人，蹲了半天，忽一起身，衹覺得眼花頭眩〔十〕，辨不出路徑。回頭一望，皆是樹木山石，樓臺亭榭，都不知那一處是往那一路去的了，衹得順着一條石子〔十二〕路慢慢的走來。及至到了房舍跟前，又找不着門，找了半日，忽見一帶竹籬，劉姥姥心中自忖：『這裏也有扁豆架子。』一面想，一面順着花障去了，來到了一個月洞門進去。祇見迎面忽有一帶水池，祇有五、六尺寬，石頭砌岸，裏面碧清的水流往那邊去了，（蒙側：借（原作偺）劉姥姥醉中，寫境中景。）上面一塊白石橫架在上面。劉姥姥便踱過石來，順着石子甬路走去，轉了兩個彎子，祇見有一房門。于是進了房門，祇見迎面一個女孩兒，滿面含笑迎了出來。劉姥姥忙笑道：『姑娘們把我丟下了，要我磕頭到這裏來。』說了，祇見那女孩兒不答應。劉姥姥便趕上來拉他的手，『咕咚』一聲，便撞到板壁上，把頭碰的生疼。細瞧瞧，原來是一幅畫兒。劉姥姥自忖道：『原來畫兒有這樣活凸出來的。』一面想，一面看〔十二〕，一面用手去摸，卻是一色平的，點頭嘆了兩聲。一轉身，方得了一個小門，門上掛着葱綠灑花軟簾。劉姥姥掀簾進去，抬頭一看，祇見四面牆壁玲瓏剔透，琴劍瓶爐皆貼在牆上，錦籠紗罩，金彩珠光，連地下踏的磚，皆是碧綠鑿花，竟越發把眼花了。找門出去，那裏有門？左一架書，右一架屏。剛從屏後得了一門，才要出去，祇見他親家母也從外面進來。劉姥姥詫异，忙問道：『親家母！你想是見我這幾日沒家去，你找我來了。那一位姑娘帶你進來的？』祇見他親家祇是〔十三〕笑，不答言。劉姥姥笑道：『你好沒見世面，見這園子裏的花好，你就沒死活戴了一頭。』他親家也不答應。便忽然想起：『常聽見大富貴人家有一種穿衣鏡，這別是我在鏡子裏頭罷。』想畢用手一摸，再細一看，可不是，四面雕空紫檀板壁將這鏡子嵌在中間。因說：『這已經攔住，如何走出去呢？』一面說，一面祇管用手去摸。這鏡子原是西洋機括，可以開合。不意劉姥姥亂摸之間，其力巧合，便撞開消息，掩過鏡子，露出門來。劉姥姥又驚又喜，便邁步出去，忽見有一副最精致的床帳。他此時又帶了七八分醉，又走乏了，便一屁股坐在床上，祇說歇歇，不承望身不由己，便前仰後合的，朦朧着眼，一歪身就睡熟在床上。

外面衆人等他不見，板兒見沒了他姥姥，急的哭了。衆人都笑道：『別是掉在茅廁坑裏了？快叫人去瞧瞧。』因命兩個婆子去找，婆子去了，回來說沒有。衆人各處搜尋不見，襲人度其道路：『定是他醉了，迷了路，順着這一條路往我們後院子裏去了。若進了花障子到後房門進去，雖然磕頭，還有小丫頭們看見；若不進花障子再往西南上去，若繞出去還好，若繞不出去，可叫他繞會子呢。我且瞧瞧去。』一面想着，一面回來，進了怡紅院便叫人，誰知那幾個看屋子的小丫頭已偷空玩去了。

襲人一直進了房門，轉過集錦槅子，就聽的鼾聲如雷。忙進來，祇聞得酒屁臭氣滿屋，一瞧，祇見劉姥姥扎手舞腳的仰卧在床上。襲人慌的忙趕上來將他推醒。那劉姥姥驚醒，睜眼見了襲人，連忙爬起來道：『姑娘，我失錯了！并沒弄臟了床。』一面說，一面用手去撣。襲人恐驚動了人，被寶玉知道了。忙將當地大鼎內，貯了三四把百合香〔十四〕，仍舊蓋上頂，忙悄悄的笑道：『不相幹，有我呢。你衹說是你醉了，在外頭山子石上打了個盹兒，你隨我出來。』蒙側：這方是襲人的平素。筆至此不得不屈，再增支派則贅矣。劉姥姥滿口答應。蒙側：總是恰好便住。跟了襲人，出至小丫頭們房中，命他坐了；又與他兩碗茶吃，劉姥姥方覺酒醒了，因問道：『這是那位小姐的綉房，這樣精致？我就像到了天宮裏一樣。』襲人笑道：『這個是寶二爺的臥室。』劉姥姥唬的不敢作聲。襲人帶他從前頭出去，見了衆人，衹說他在草地下睡着了，帶了他來的。衆人都不理會，也就罷了，下回分解。

總評

劉姥姥之憨，從利；妙玉尼之怪，圖名。寶玉之奇，黛玉之妖，亦自斂迹。是何等畫工，能將他人之天王，作我衛護之神祇？文技至此，可爲至矣！

校記

〔一〕原文無『到前面裏間屋，書架子上有十個竹根套杯取來』句，據庚辰本補。

〔二〕此處的『你』字，原文爲『我』據庚辰本改。

〔三〕在『林』字後面，原文有『裏』字，據庚辰本删。

〔四〕原文無『眼睛裏天天見他，耳朵裏天天聽他，口兒裏天天講他』句，據庚辰本補。

〔五〕此處的『老鴰』二字，原文爲『老鸛』，據庚辰本改。

〔六〕此處的『偏你們吃體己茶呢』句，原文爲『偏我們吃體己呢』，蒙府本爲『偏你們吃體己呢』，庚辰本爲『偏我們吃體己茶呢』，參照蒙府本將『我』改爲『你』，參照庚辰本補一『茶』字。

〔七〕此處的『點』字，原文爲『杏』，據庚辰本改。

〔八〕此處的『玄』字，原文爲諱玄燁（康熙之名），少最後一筆，寫作『玄』。

〔九〕此處的『砸碎』二字，原文爲『軋碎』，據庚辰本改。

〔十〕此處的『眩』字，原文爲諱玄燁（康熙之名），少最後一筆，寫作『眩』。

〔十一〕原文無『子』字，據庚辰本補。

〔十二〕原文無『原來是一幅畫兒。劉姥姥自忖道：「原來畫兒有這樣活凸出來的。」一面想，一面看』句，據庚辰本補。

〔十三〕此處的『是』，原文爲『見』，據蒙府本改。

〔十四〕原文無『百合香』三字，據蒙府本補。